僕とモナミと、春に会う

櫛木理宇

僕とモナミと、春に会う

目次

第一話　モナミを飼う日　7
第二話　ワンダーウォール　155
エピローグ　271

第一話　モナミを飼う日

1

「赤草《あかくさ》さん。赤草翼《つばさ》さーん」

　看護師が呼ぶ声に、雑誌に集中していた翼はしばしの間気づかなかった。

「赤草さん？　赤草翼さん、いませんかあ」

　さらに数秒経《た》ってから、彼ははっとして腰を浮かせた。膝に広げた『週刊新潮』を慌てて閉じ、立ちあがる。赤草姓に変わってからもう五年も経つというのに、いまだ慣れきらない自分が情けない。

「赤草さんですね？　中の椅子《いす》に掛けてお待ちください」

「あ、はい」

　待合室のラックに雑誌を戻そうとした。だが、どうもうまく挿《さ》せない。二回失敗して、ようやく三度目でうまくいった。「まだなの？」と言いたげな顔の看護師に、翼は無言で頭を下げ、診察室前のソファへと腰をおろした。

　はじめて来る医院であった。なかなか小綺麗《こぎれい》で患者も多いようだ。いまから三十分ほど前、翼は受付で保険証を出し、

「今日はいかがなさいました？」

「……あの、ちょっと、なんか熱っぽくて」

　という会話ののち、医療事務員らしき女性にボールペンを添えた問診票と体温計を手渡された。できるだけ問診票はこと細かに書いたつもりだ。ちなみに電子体温計が告げた温度は、三十七度三分であった。

　――今日こそ、なにか原因が見つかればいいけどな。

　そう願いながら、手持ち無沙汰《ぶさた》に掌《てのひら》を握ったりひらいたりする。緊張すると掌が汗ばむのは、幼い頃からの性質だ。うまく話せないとき――いや、うまく話せないのではないか、と己《おのれ》を疑ってしまったときはとくにひどくなる。

　――頭が真っ白になる、っていうのとは違うんだよな。むしろ。

　そこまで考えたとき、

「赤草さん、診察室へどうぞ」

　と若い看護師の声がした。

　診察室へ入る。白衣を着た優しそうな中年の医師が、右手にデスクトップパソコンのマウスを、左手に問診票を持って座っていた。

「はいどうぞ。荷物、そこ置いてください」

翼はうなずき、合皮のスクールバッグを指定の籠《かご》に置いた。医師は制服姿の少年を眼鏡越しにちらと見あげて、

「微熱がつづいてるんだね。三十七度三分か、うん、ちょっとあるな。どこかの関節が痛いとか、喉が痛いとか、お腹《なか》がゆるいとかありますか」と言った。

翼は「いえ」と首を振る。

「ちょっと口開けてね。アーッて声出して」

「アー」

舌圧子《ぜつあつし》のひんやりした感触ののち、喉の奥にライトが当てられる。

「腫《は》れはないね」

医師は次いで少年の耳下から首脇と、腋下《えきか》を触った。

「リンパの腫れもなし、と」

カルテに書きこんで首をひねる。

「風邪《かぜ》のひきはじめかと思いますが……いや、微熱は上がったり下がったりで、二箇月つづいてる？　うーん」

問診票を読みなおし、医師は唸《うな》った。翼に向きなおる。

「じゃ、念のため血液検査しましょうか」

「…………」

「赤草さん？」医師が訝《いぶか》しげに眉を寄せた。

「あっ、いえ、はい」

翼は慌てた。発しようかどうかと迷っていた言葉を飲みこみ、「お——お願いします」と喉にこもった声で告げる。

採血用の椅子は、カーテンを隔《へだ》てた向こう側にあった。

「じゃあ、右の袖まくってもらえますかあ」

若い看護師の言うとおり、なにも考えずに上着を脱ぎ、シャツの袖を肘《ひじ》までまくる。途端《とたん》にしまった、と翼は顔をしかめた。

看護師も「あら」という顔で翼を見ている。当然だ。翼の右肘の内側には、すでに止血用《しけつよう》のガーゼ付き絆創膏《ばんそうこう》が貼られていた。つい数日前に採血したしるしだ。

「いや、あ、あの」

慌てて彼はシャツの袖を戻し、左の袖をまくりなおした。

駄目《だめ》だ、言葉が出てこない。看護師との間に気まずい沈黙が落ちる。ほんの数秒だろうが、何時間にも思える沈黙だ。頭の中でもっとも無難《ぶなん》だと思える言葉を吟味《ぎんみ》し、翼はようやく口をひらいた。

「——け……献血したんです。先日。いや一昨日」

「そうなの」

「はい……」

それきりまた、言葉を失くす。白けた寒々《さむざむ》しい間があく。

無言のまま、翼は左腕を椅子の肘掛けにのせた。

——すみません、くらい言えばよかった。すみません、じゃあ左でお願いします、って。たったそれだけで空気はほぐれるのに、なんでおれはいつもこうなんだろう。

ぐるぐると内心で悔恨《かいこん》を巡らす少年をどう思っているのか、看護師は手馴《てな》れた仕草《しぐさ》で彼の二の腕に駆血帯《くけつたい》を巻き、注射針とホルダーを用意していく。

「ちょっとちくっとしますよー」

「あ、はい」

翼は答えた。はいといいえくらいなら、こうして脊髄反射的《せきずいはんしゃてき》に言葉がすべり出てくれる。けれど、それ以外となると——。

採血用ホルダーに吸いこまれていく赤黒い血を眺めながら、ああまったく、つくづく自分がいやになる、と翼は内心で重いため息をついた。

2

「血液検査の結果は一週間後に出ます。お大事に」

という声を背に、翼は医院の自動ドアをくぐって外へ出た。

だが愛想のいい医療事務員には申しわけないが、彼には検査結果はすでに九分九厘《くぶくりん》わかっていた。

――どうせ「異常なし」だ。

なぜって先月から今月にかけて、翼が訪れた病院はこれで四軒目なのだ。そうしてついさっき、翼が医師に対して飲みこんだ台詞《せりふ》は、

「週のなかばにだけ熱が出るんです。正確には、水曜日だけ」

というものであった。

今日はまさにその水曜日だった。案の定熱っぽくなった彼は、学校帰りにまっすぐ、あらかじめネットで調べておいた隣町の医院へバスで向かった。そしてお定まりの、問診票、体温測定、診察、血液検査という流れをこなしたというわけである。

一番最初にかかった医師は「風邪でしょう」の一言で片づけた。

二人目の医師はもっと親切だった。血液検査、尿検査、レントゲン撮影ののち、

「うーん、自律神経失調症《じりつしんけいしっちょうしょう》かな。去年まで受験生だったんですよね。心療内科への紹介状、書きましょうか」

と言ってくれた。だが翼はそれを言下《げんか》に断った。

冗談ではない。心療内科だなんて聞いたら、養母《はは》がどれだけ心配するかわかったもんじゃない。やっとそれなりの高校へ入学できて養父母を安心させたばかりだというのに、努力が水の泡ではないか。

よしセカンドオピニオンならぬサードオピニオンだ、と翼は三軒目の医院へ飛びこんだ。しかしやはり医師の反応ははかばかしくなかった。そうしてさらに数日後、駄目もとで当ってみたのが、さっき出てきたばかりの医院であった。

熱が出ているということは、普通は体のどこかに炎症《えんしょう》があるはずだ。しかしリンパにも喉にも腫れはない。関節が痛むということもない。

――やっぱり自律神経なのかな。

しかし急に自律神経がいかれるほどのストレスには心当たりがなかった。高校に入学して環境に変化はあったが、むしろ中学時代より楽になったくらいである。まさか更年期《こうねんき》などという歳でもあるまい。

なんにせよ養両親《りょうしん》に気づかれる前に解決したいんだけどなあ、と小声でぼやきつつ、翼はバスに乗った。

景色を見ながらしばらく揺られ、行きつけの本屋に近いバス停で降りる。

ちょうどエルロイの『わが母なる暗黒』を読み終えてしまったところだ。期待して読んだが、期待以上によかった。しかしあれの後となると、よほど厳選《げんせん》しないとなにを読んでも物足りなく感じてしまいそうである。

ここはまったく違う方向の本を読むべきかな、とクリスティの棚へ向かった。

デイム・アガサことクリスティの著作をちゃんと読みはじめたのは、恥ずかしながらつい最近だった。クリスティやクイーンの功績はむろん認めるけれど、いま読んでもきっと古くさいだけだろうと決めこんでいたのだ。

しかし最初にたまたま読んだ『葬儀を終えて』で、その認識はあっさり覆《くつがえ》った。以来翼は毎月の小遣いでクリスティの著作、とくにエルキュール・ポアロものを一冊ずつ買い集めている。

あらすじを読み比べて考えた末、今日は『邪悪の家』を買うことにした。

本を買うことは、翼が唯一自分に許している贅沢《ぜいたく》だ。いや、ほかに使い道がない、と言ったほうが正確か。

クラスメイトと帰り道に買い食いしたり、ファッション誌に載《の》っているような高い服を買ったり、モバイルゲームに課金《かきん》することのない彼には、唯一の趣味である読書しか金の注ぎこみどころがなかった。

——まあ万が一病気が見つかったとしても、本なら入院中に読めるわけだし。

だからこの金遣いはアリだ、無駄遣いではないと自分に言い聞かせ、翼はレジへと向かった。ポイントカードとともに、『邪悪の家』をカウンターに置く。

二十代とおぼしき女性店員が笑顔で言った。

「商品をお預かりします。こちら、カバーお掛けいたしましょうか」

「…………」

「お客さま？」

「あ、ああ。あの、いらな、いです」

「かしこまりました」

代金を払って、翼は逃げるように店を出た。まったく、どこへ行ってもこれだ。本一冊買うのにもいちいち手間どって、馬鹿みたいだ。

——どうしておればっかり、こんなに生きづらい思いをしてるんだろう。

教師や養父母が薦《すす》めただけあって、入学した高校はいい学校だった。いじめもなく、治安もよく、教師は粒ぞろいで、しかも文武両道《ぶんぶりょうどう》の名門私立である。

同級生だって育ちのよろしい、まっすぐな気質の優等生ばかりだ。かといって堅苦しいわけではない。ときにはどぎつい冗談も言いあい、

「明日の待ち合わせどうする？」

「みんなで夏のフェス行こうよー、うちの親が車出してくれるって」

「過去問、一冊八百円らしいぜ。四人で二百円ずつ出さね？」

などと休み時間ごとに友人たちと大声で笑いあっている、ごく普通の高校生たちだ。

――ただし、おれを除いては。

短いため息をつき、翼は学校指定のバッグを抱えなおした。歯科医の看板を横目に歩き、レンタルショップを通り過ぎ、幟《のぼり》が風にはためくローソンの角を曲がった。

ふと、かすかな違和感を覚えた。うつむいていた首をもたげる。

翼は目を見ひらいた。

急いで左右を見まわす。立ちすくむ。

まったく見知らぬ街並みが、目の前にあった。

考えごとをしながら歩いていたせいか、どうやら道に迷ったらしい。てっきりいつものローソンの角かと思いこみ、何の疑いもなく左折してしまった。だが、これは――おそらく一

度も通ったことがない道だ。

翼はスクールバッグをおろし、スマートフォンを取りだした。まだ一度も使ったことはないし、確認した例《ため》しもないけれど、確かデフォルトで地図アプリが入っているはずだ。

画面にタッチし、思わず舌打ちする。

充電切れだった。

そうでなくとも滅多《めった》に使わないせいで、彼はスマートフォンの管理が甘い。養母が気をきかせて買い与えてくれたというのに、使うのはウィキペディアの閲覧《えつらん》くらいのものだ。アドレス帳に登録されている番号は養父母の携帯と、自宅、学校、図書館の五つきりであった。

――まあいいや。大きい通りをぐるぐる歩いていれば、そのうちどっかのバス停に出るだろう。

そう内心で呟《つぶや》き、彼は歩きだした。

何度か角を曲がる。なるべく太い道を選んで進む。しかし、なかなか知っている道にはたどり着けなかった。歩けど歩けど、他人のごとくよそよそしい看板ばかりだ。

いつの間にか、街は夕闇に飲みこまれかけていた。空のなかば以上を占めていたはずの茜が、東の端から紺に侵食《しんしょく》されはじめている。夏近い夜空特有の、青みの濃い、どこか透きとおった紺いろだ。

そのときはじめて、翼はスマートフォンを充電してこなかったことを悔いた。

腕時計をする習慣のない彼は、いつも周囲の時計やスマートフォンで時刻を確認している。このところ覿面《てきめん》に日が長くなってきたせいで、体内時計だけではいまが何時なのか判別がつかなかった。

養母《はは》に心配をかけたくない。できれば養父《ちち》が帰宅する前には帰りたい。それが無理ならば、せめて電話で一報入れておきたい。

だが公衆電話を置いていそうな公共施設どころか、コンビニすら見つからなかった。見渡す限りセブンイレブンの看板もファミリーマートの看板も見あたらない。ついさっき角を折れたはずのローソンも、不用意に歩きまわってしまったせいか、いまや影もかたちも見えない。

――これは、まずいかもしれない。

額に汗が滲《にじ》んだ。掌が熱い。じっとりと湿っていく。ひとりでに鼓動《こどう》が速まる。

翼は足を止めた。

アンティークショップだろうか、十字路の向こうにひどく目立つ飾り窓があった。窓の向こうの店内は暗くて見えない。だが、視線を感じた。

――あそこから誰か、こっちを見ている。

不快な視線ではなかった。

なぜか吸い寄せられるように、翼は飾り窓の店に向かって歩きだした。

その店は、いまにも夕闇に溶け入るようなたたずまいに見えた。樫材《かしざい》らしきチョコレートいろの扉には、精巧《せいこう》な百合《ゆり》と蔓草《つるくさ》の浮き彫り《レリーフ》がほどこしてあった。

ドアノブを握って引く。すんなりと開いた。

──電話を貸してくださいって、言おう。

翼はそう思った。

スマホの充電が切れてしまって、親が心配するといけないから電話を貸してください、って。いや、いただけませんか、のほうがいいか。ああそうだ、それよりまず先に名乗らなくちゃ。フルネームと、校名と、なんなら生徒手帳。あ、それとバス停の場所も訊《き》かないといけないな。それから、それから。

ゼロコンマ数秒のうちに目まぐるしく頭を働かせながら、翼は薄暗い店内へと、一歩踏み入った。

次の瞬間、彼は巡《めぐ》らせていたはずの思考を綺麗に忘れた。

まっさきに目に入ったのは、突きあたりにある嵌《は》め殺し窓のステンドグラスだった。

教会などでよく見かける、万華鏡《まんげきょう》を覗《のぞ》いたときのような左右対称の幾何学模様《きかがくもよう》ではない。

向かって右にはミュシャの絵を思わせる曲線の花が浮きあがり、左側にはたわわに実る葡萄《ぶどう》棚《だな》がデザインされていた。

色鮮やかなステンドグラスを透かした夕陽《ゆうひ》が投げ落とされている床は、嵌木でもリノリウムでもなく、天然石張りであった。

店内の薄暗さにもかかわらず、天井からは五灯式《ごとうしき》のシャンデリアが吊《つ》りさがり、あちこちにシェード付きランプや燭台《しょくだい》が置かれていた。

シャンデリアもシェードランプも、おそらくアールヌーヴォー様式だ。シェイプした、独特の官能的なシルエットを描いている。

——アンティークな……インテリアショップ？

翼は後ろ手に扉を閉めながら、店内をぐるりと見わたした。

壁に寄せられた黒檀《こくたん》の長テーブルは鶏脚細工で、四本ともちいさな水晶の珠を抱いていた。その脇へ置かれた同じく黒檀らしいチェストは、どの抽斗《ひきだし》にも精緻《せいち》な螺鈿《らでん》をきらめかせている。

奥に見える螺《ら》旋階段《せんかいだん》は、二階へ繋がっているようだ。ということは二階にも商品が陳列《ちんれつ》されているのだろうか。

——商品。

あらためて店内を眺めまわし、翼は全身の産毛《うぶげ》がざわりと逆立つのを覚えた。

――商品……まさか。

シャンデリアの向こうに、燻《いぶ》し銀《ぎん》細工の鳥籠が吊りさがっていた。

黒檀の長テーブルに置かれた卵形やら楕円形の水槽《すいそう》では、ときおり水がかすかに跳ねている。奥の暗がりには、大きな檻《おり》らしきものが置いてあるのがうかがえる。窓際には、陶製の鉢植えが並んでいる。

だが翼の目を奪《うば》ったのは、鳥籠でも、水槽でも檻でも鉢植えでもなかった。彼の視線は、柱のすぐ後ろの一点に据《す》えられていた。

そこには寝椅子があった。

座面と蕨《わらび》形の背もたれに天鵞絨《びろうど》を張った、ゆったりとうねるようなS字シルエットの寝椅子だ。ロココ調というやつだろうか、装飾過多《そうしょくかた》と言っていいほどに、脚にも台座にも豪奢《ごうしゃ》な彫刻がほどこされている。

その寝椅子に、少女がひとり横たわっていた。

艶《つや》やかな髪が陶器のような頬にかかっている。眠っているとも見えるポーズだが、寝てはいない。その証拠に眼を大きくひらいて、翼をまっすぐに見つめている。

睫毛《まつげ》が長い。虹彩が驚くほど大きい。

——ああ、この視線だ。

すとんと胸に落ちてくるものがあった。

この店に入る前、感じたのはこの眼だ。この視線だ。店の中から、この子はおれを視《み》ていた。

目の覚めるような美少女だった。だがもっと驚くべきは、彼女のその大きさだった。

翼を見据えたまま寝椅子に寝そべる美少女は、体長約二十センチから三十センチといったところであった。おそらく大きめの抱き人形ほどだろう。

だが十五、六歳くらいに——同じ年くらいに見える。顔がちいさい。手足が細い。全身の骨格が、おそろしく華奢《きゃしゃ》だ。

——でも、そんなことはどうでもいい。

翼は一歩前へ踏みでた。

少女が身を起こした。

翼と少女の視線は合ったままだ。お互い、魅入《みい》られたように動かない。

翼はためらいなく、寝椅子のほうへ歩いていった。

少女が、つと右手をあげた。

まっすぐ彼に向かって差しのべる。

翼がそれに応えるように、利《き》き手を少女へ伸ばした瞬間——。

「いらっしゃいませ」

豊かなバリトンの声が空気を割いた。

翼ははっと振りかえった。柱の陰から姿を現したのは、やけに背の高い、煙突《えんとつ》のごとく細長い男であった。

丁寧に後ろへ撫《な》でつけた髪は八割がた白くなっている。だが髪に反して、額も頬もつるりと皺《しわ》ひとつない。やけに長く細い顎《あご》と、尖《とが》った鼻梁《びりょう》が目立った。直線ばかりで描いたような顔に、右目に着けた片眼鏡《モノクル》だけがただひとつ真円形だ。

男は言った。

「その子はいい猫です。膝に抱いて、撫でているだけでも癒《いや》されますよ」

——猫？　どこに？

翼は目をぱちくりさせた。だが彼の困惑をよそに、男は流暢《りゅうちょう》につづける。

「とても飼いやすい子です。環境の変化に強いし、お利口だ。それにうちの子にしては珍しく雑食で、甘いものなら何でも食べますね」

猫が甘いもの？　言っていることがよくわからない。

だが男はただ、微笑《ほほえ》んでいる。草食動物のような、柔和《にゅうわ》で無害そうな笑みであった。

翼は手の甲で額の汗をぬぐった。

訊きたいことが山ほどあった。だがいつものような焦《あせ》りは、なぜか感じなかった。理由はわからないが、目の前のこの男は、彼の言葉をいつまでも待っていてくれそうな気がした。

頭の中で、翼は時間をかけて質問を整理した。

たっぷり数分考えたのち、

「あの、このお店は、なんのお店ですか」と、まず切り出してみた。

間髪《かんぱつ》を容《い》れず答えがあった。

「当店はペットショップでございます」

「ペットショップ……」

翼は鸚鵡《おうむ》返《がえ》しに呟いた。

ああ、もちろんそうだろう。だって店内には確かに鳥籠がある。水槽があり、檻がある。

しかし鳥籠の中で止まり木にとまっているのは、水槽の中で水を跳ねさせているのは、どこからどう見ても――。

翼の喉がごくりと鳴った。

――どう見ても、人間の少女や少年だ。

ただしサイズは、寝椅子の「猫」と同じく、本物の人間よりずっとちいさい。鳥籠には鳥ほどの、水槽にならば魚ほどの大きさの子しかいない。そしてどの子も、つい目を奪われるほどに美しい。

片眼鏡の男が静かに言った。

「正当な飼い主にしか、ペットの真の姿は見えません」

「正当な飼い主……って？」

「そのペットを、心から求めているかどうか」

男はそう言い切ると、翼の顔をうかがうように腰をかがめた。

「お疲れのようですね。ああ、みなまで言わずとも結構です。当然ですよ。だからうちの店にたどり着いたのですからね。お客さま、最近体調とお心持ちがすぐれないでしょう」

翼は思わず、まじまじと男の顔を見かえした。

男が唇の両端を吊りあげる。

「うちにおいでになるのは、そういうお客さまばかりです」

どう反応していいのか、翼は迷った。

男の言うことがまるでわからない。わからないはずなのに、胸の奥の、理性で推《お》し量《はか》れない部分が勝手に納得しかけている。ああそうか、自分はここに来る運命だったのか――と、もうひとりの自分がすでに首を縦に振っている。

なかば無意識に、翼はふらりと陳列棚《ちんれつだな》へと進んだ。

楕円形の水槽を覗きこむ。

そこにはアロワナほどの体長をした少女が、優雅《ゆうが》に体をくねらせて泳いでいた。ほとんど銀髪に近いプラチナブロンドが、水面に広がって藻《も》のように揺れている。ひどく幻想的な眺めだった。まるで童話の世界に迷いこんだようだ。

ふいに、翼は手の甲に痛みを感じた。

「いてっ」

慌てて手を振る。声をあげて片眼鏡の男が笑った。

「ほかの子に見とれたせいですよ。おかげであなたの猫が、やきもちを妬《や》いてしまいました」

「おれの、猫？」

「その子ですよ」

男の指先を追って、翼はつと目線をさげた。

いつの間に近づいたのか、寝椅子にいたはずの少女がすぐ横に立って、癇《かん》の強そうな瞳で翼を睨《ね》めあげていた。

さっき店の外から感じたのと同じ視線だ、と翼は思った。睨《にら》まれてもすこしも怖くない。

いや、むしろ嬉しい。胸の底がわけもなくこそばゆい。

——そうか、おれの猫か。でも。

つづきを翼が心中で呟く前に、男が低くさえぎった。

「すみません、お客さま。失礼ですが一点だけ——そちらの水槽の子は、お客さまの目にどうお見えになっていますでしょうか？」

「どう、って」

翼は首をかしげた。水槽に目を戻し、ふたたび頭の中で言葉を探す。

「綺麗な女の子……ですよね。ええと、目が大きくて、髪が長くて」

それ以上の賛辞《さんじ》は、ちょっと口から出てこなかった。なにしろ女の子を面と向かって誉《ほ》めたことなんて、生まれてこのかた一度もないのだ。

「おやおや。やっぱりですか」

男の微笑が大きくなった。まるでチェシャ猫の笑みだ、と翼は思った。この男が消えても、にやにや笑いだけが空中にいつまでも漂っていそうだ。

揉《も》み手をして男は言った。

「いい。非常によろしい。お客さまには、素質《そしつ》がおありだ」

なんの素質です、と訊きたかった。が、やめておいた。そんなことよりもっと問いただしたい点がある。まずは、一番知りたいことを訊かなくちゃならない。

いまだふくれっ面で自分を睨んでいる美少女の正面に、迷わず翼は膝をついた。少女の艶やかな髪は漆黒《しっこく》で、瞳は森のように深いグリーンだった。

男を見あげて翼は口をひらいた。

「この子、売りものなんですか」

「もちろん。ペットショップですからね」

でも高いんでしょう。いくら払えばいいんですか——？

そう訊きたかった。なのに、咄嗟《とっさ》に声が喉でつかえた。発するはずだった問いが固い石のように凝《こご》っている。つづく台詞まで堰《せ》き止めてしまっている。

翼は眉根を寄せた。

ちくしょう、さっきまで大丈夫だったのに肝心《かんじん》のときになってこれだ。このポンコツの脳味噌と声帯《せいたい》め。臆病者《おくびょうもの》。チキン野郎。ああ、本当にいやになる——。

しかし男は怪訝《けげん》な顔ひとつしなかった。彼は胸ポケットから小型の電卓をすいと取りだすと、

「お客さまなら、このお値段でお譲りいたしますが」

目の前に突き出された電卓を、翼は覗きこんだ。途端、目を見張る。

――安い。

そこらにあるようなごく普通のペットショップで、ごく普通の雑種猫一匹を買う程度の値段であった。己の目を疑っている翼に、男はつづけて告げた。

「ちなみに、各種ワクチンは接種《せっしゅ》済みです。それも込みのお値段でして」

これなら過去のお年玉貯金で余裕で買える、と翼は思った。

欲しい。いや、欲しいんじゃない。

買わなくてはいけない。おれはこの子を買って連れ帰り、いっしょに住んでやらなければならない。絶対にだ。おれのためにじゃなく、この子のためにだ。

――なぜってこの子は、おれの猫だから。

理屈《りくつ》ではない。そう肌で感じた。

しかし。

「……なにかお悩みですか？」

男が尋ねた。

翼は口をひらきかけ、思いなおして閉じた。またひらき、また閉じる。数分が流れた。だが男は辛抱《しんぼう》づよく待っていてくれた。

やがて翼は、押し出すように言った。

「悩みというか、あの――……」上目づかいに男を見やる。「買いたいのはやまやまなんです。でもいきなり知らない女の子を連れ帰ったりしたら、うちの、お、親がですね……」

「ああ」

男が笑った。

「ご心配なく。先ほども申しましたが、正当な飼い主にしか、ペットの真の姿は見えないのですよ。その証拠に、ほら」

男は電卓を胸ポケットにしまい、代わりにスマートフォンを取りだした。上から下まで古典的スタイルな男にそぐわぬ、最新式のモバイルだ。男はよどみなく液晶をタップしてカメラモードに切り替えると、翼の目の前の少女を一枚撮った。

「どうぞ御覧《ごらん》ください」

男は、しゃがみこむ翼の眼前へスマートフォンを差しだした。

画面に写っていたのは一匹の猫だった。上質な天鵞絨と見まごうばかりの、ブルーグレイの毛並みが艶やかに美しい。きりっと吊りあがった両の眼は、宝玉のように透きとおったグリーンだ。

体毛の色はロシアンブルーに近いが、アイラインの濃い眼と、しなやかな体型はアビシニアンを思わせる。ぴんと立った耳も、凛《りん》と引き締まった表情もじつに貴族的である。

すばらしく綺麗な——しかし、ただの猫だった。鼻先に立つ、まだ不機嫌そうな美少女とは似ても似つかない。

「……ええと、トリックでしょう？　……ですよね？」

だって確かにこの女の子を撮ったのに、と翼は言う。男が眉をさげた。

「そうお思いなら、今度はお客さまの携帯で撮ってくださって結構です」

「え——ああ、でもおれのはいま、充電が切れちゃって」

「ではこちらのカメラをどうぞ」

男はすぐ脇のチェストの抽斗をあけた。差しだされたのはポラロイドカメラだった。これまた最新式の、家電量販店でよく売っているタイプのカメラである。

「いいんですか」

「どうぞ」

おっかなびっくり、翼はカメラを少女に向けてシャッターを切った。低い機械音とともに写真が吐きだされてくる。やはり、ただの猫が写っていた。

「どういう原理なんですか」

唖然《あぜん》と言う翼に、男は微笑した。

「世の中は、まだまだ原理のわからないことだらけですよ」

それはそうでしょうけど、と翼は胸中で呟いた。

そうでしょうけど、これはちょっと次元も桁《けた》も違いすぎます。そう言葉にできず唸るばかりの翼に、男が言った。

「いかがなさいますか？　この子はもうあなたの猫ですよ。あなたさまが引き取ってくださらないとなると、可哀想《かわいそう》ですが……」

「ですが？」

「この子は中古商品ということになってしまいます。中古品がどうなるかは、わたしの口からはちょっと──」

「買います」翼は即答した。

こんなに滑らかに声が出てきたのは久しぶりだ。だがそれと自覚する間もなく、翼はわれ知らず早口でまくしたてていた。

「でもいまはちょっと手持ちがないんで、明日まで待ってください。学校帰りにおろして、絶対に持ってきます。絶対です」

そこまで言って、はっと言葉を切った。

いや、そういえばおれは、道に迷ったせいでこの店にたどり着いたんだった。ちゃんと再訪できるだろうか。もし来れなかったらどうしよう。そうしたらこの猫は、あえなく保健所かどこかで処分を――。

青くなった翼へ、男が至極冷静《しごくれいせい》に名刺を手渡してきた。

「店の住所はこちらに書いてございます。わかりにくければ、ただちに下の番号までお電話ください。店主のわたくしが二十四時間対応いたします」

「ああ、はい、どうも……」

こんなクラシカルで不思議な店なのに、しっかり電話は通じるんですね、と思った。しかし言えなかった。もっとちゃんと受け答えしないと、とも思ったが、また喉で声が詰まった。

仕方なく目で感謝を伝えながら、翼はスクールバッグのファスナーを開け、男の名刺を財布にしまった。

札入れを覗く。残念ながら診療代を払ってしまったせいで、二千円しか残っていなかった。ためらわず、引き抜いた。

「あの、手付け金――。すみません。いまはこれしかないんです」

突き出された千円札二枚を、男は笑いもせず受けとった。そしてすぐさま一枚を、丁寧な仕草で翼へと返却した。

「帰りのバス代がお要《い》りでしょう」

「あ……」

　翼は顔を赤らめた。

　男は千円札一枚を胸ポケットにしまって、

「では、確かに手付けを頂戴いたしました。いまこの瞬間からこの子は売約済みの札付きとなります。三日以内に残りの代金をお持ちくださいませ。なおクーリングオフは受けつけませんので、ご了承ください。よろしくお願い致します」

「こ、こちらこそお願いします」

　翼は頭をさげた。

　それからどうやって店を出たのか、彼はほとんど覚えていない。気づけばバス停の前で、製菓学校の広告を車体にラッピングしたバスが、ゆるいスピードで交差点を曲がってくるのを眺めていた。

　バスが停まる。ぷしゅう、と気の抜けた音がして扉がひらく。

　機械的にステップをのぼり、乗車券を取り、空いた座席におさまった。まったくもっていつもの動作だ。窓の外の景色もなにひとつ変わらない。あの本屋から帰るたびに見る、地方都市のバイパス近くの光景を眺めながら、翼は思った。

　――買ってしまった。

と。

あの子を、あんな綺麗な子を、たった千円の手付け金で買ってしまった。いまさらながら、どうしようと不安がこみあげる。

どうしよう。おれ、施設やクラスの女の子とさえまともにしゃべった経験ないのに。それどころか、男とすらうまく話せないのに。

おれなんかにあの子が飼えるだろうか。見るからにノーブルな、貴族の令嬢みたいな美少女だった。猫の姿ですら、どう見ても血統書付きの美猫だった。いやそもそも、さっきのあれは現実なのか。じつはバスの中で、おれはずっと居眠りしてただけなんじゃないのか——。

翼はスクールバッグを探った。

財布を取りだし、中を確認する。

札入れには一枚きりの千円札が入っていた。そしてカード入れのポケットには、まぎれもなく、さっきもらったばかりの名刺がきちんと収まっていた。

3

翌日、放課後のチャイムと同時に翼は教室を飛びだした。

まっすぐ向かった先は銀行だ。

ＡＴＭで金をおろし、財布をバッグの一番奥に入れ、胸にしっかと抱きかかえてバスに乗った。これをひったくられたら終わりだと、乗っている間じゅう周囲を警戒《けいかい》していたため、降りる頃には疲労困憊《ひろうこんぱい》していた。

スマートフォンもぬかりなく充電しておいたのだが、アプリの出番は残念ながらなかった。店は、いとも簡単に見つかった。

昨日も見た、浮き彫り付きのチョコレートいろの扉を引き開ける。まずは隙間《すきま》から中を覗くようにして、そっと声をかけてみた。

「あのう、昨日来た者なんですが……」

「いらっしゃいませ。お待ちしておりました」

打てば響くような返事があった。

見覚えある長身の店主が、やはり見覚えあるチェシャ猫の微笑で出迎えてくれる。片眼鏡も、やけに先の尖った靴も記憶のままだ。どうやら夢ではなかったらしい。

〝猫〟の美少女も、同じく記憶どおりの姿だった。

お気に入りなのか、例の寝椅子にもたれて横になっている。仏蘭西《ふらんす》人形が着るようなレース付きのスカートがふわりと広がっている。ただひとつ昨日と違うのは、うつらうつらと気持ちよさそうに居眠りしていることだけだ。

男が苦笑した。

「すみません。この子は朝からずっと、いつあなたが来るかとそわそわしていましてね。楽しみにしすぎて、いささか待ちくたびれたようです」

「そ、そうなんですか。すみません」

へどもどと翼は謝った。

「学校に行ってたもので、遅くなりまして」

と言い訳を口にしながらスクールバッグをおろし、底へと厳重にしまっていた財布を取り出す。

「ではあの、残りの代金を」

「まことにありがとうございます」

男は馬鹿丁寧に頭を下げてから、ふっと声をひそめた。

「ですがその前にですね、じつは、本体価格は昨日申しあげたとおりなんですが……」

うわ来たぞ、と翼は体を強張《こわば》らせた。

そうだよな、ぜったいこの程度の値段でなんか済むわけないもんな、と胸中で呟く。念のため貯金の全額をおろしてきたけれど足りるだろうか。不足だったとしても、まさか一介の高校生のおれに連帯保証人《れんたいほしょうにん》になれだの、白紙委任状《はくしいにんじょう》にサインしろとまでは言わないだろう。いや言わないと思いたい。よもや、マグロ漁船とまでは――。

つづく言葉を戦々恐々《せんせんきょうきょう》と待ちかまえる翼に、男は低く問うた。

「――オプションを、お付けになりますか」

「え」

翼は数秒黙り、男が発した単語を咀嚼《そしゃく》してから訊きなおした。

「オ、オプションとは」

「着替えです」

男は簡潔に言った。

「とりあえず当座の着替えとして、五日分を用意してございます。それからパジャマ、靴、お出かけ用バッグを込みでワンセットと致しまして、いまなら初回限定で三割引きとなっております」

「つまり……ええと、服ですか」

服、着替え、と翼は口の中で繰りかえした。

うん、そりゃそうだ。汚れたら洗濯はおれがするとしても、その間、彼女を裸で待たせておくわけにいくまい。となれば着替えは要るに決まっている。女の子なんだから着たきりすずめは可哀想だし、毎日着替えるとして――うん、どう考えても、最低五着は必要だ。

「ちなみに、おいくらで」

すかさず電卓が差し出された。

数字を確認し、翼はほっとした。さすがに彼の服よりは高い。だが、けっして買えない価格ではない。

財布に入れた万札を数えながら、翼は問うた。

「ところでこの服、やっぱり写真には写らないんですよね？」

「はい」

「で、この世には原理の不明なことがたくさんあるからして、考えても無駄と」

「左様《さよう》でございます」

「はあ……」

どうも煙に巻かれている気がしてならない。

しかし翼は言われるがままに代金を支払った。高校生が一度に支払うにしては、かなりの大金だ。とはいえ惜しいとは思わなかった。不満もなかった。あの少女を迎えるにしては、法外《ほうがい》に安いとさえ思った。

寝椅子の少女を振りかえり、男が微笑した。

「本当にあの子は飼いやすい子ですよ。おすすめです。昨日も言いましたが、うちの子にしては珍しく雑食です。甘いものなら何でも栄養にします」

「あの、そこがちょっと不思議なんですけど……猫に甘いものって、平気なんですか」

「ええ。うちの子は特別ですから。ただしあまり多くは与えられませんけどね。あの子はさいわい自分で節制できますが、あいにく全員が全員そうではなく——」

「ねえ、終わった？」

背後から、短い声がした。

翼はゆっくりと肩越しに振りむいた。寝椅子の少女が座面に両手を突き、上体を反らすように伸ばして彼を見ていた。

翼は絶句《ぜっく》した。

うまく言葉が出てこないことはよくある。それどころか、日常茶飯事と言っていい。だが今日のこれは違った。いつものような、あらゆる台詞が脳内に押し寄せて、優先順位がわからなくなるという現象ではなかった。

純粋に、彼は言葉を失っていた。

「あなた、名前は？」

「え……」

「名前」

目の前の少女が発している声だ、と気づくまで数秒かかった。思ったよりすこし低い、だが心地いいアルトの声だった。

しなやかな動作で寝椅子からすべりおり、少女が翼の眼前に立つ。

翼はうろたえた。「え、あ——あの」

「名前！」

手の甲を、尻尾《しっぽ》でぴしりと打たれた。

昨日は気づかなかったが、レースのスカートの隙間から長い尻尾が突き出ている。背中のラインから外れてゆるく湾曲《わんきょく》した、ブルーグレイの尻尾だ。

髪の間からは同色の耳が突き出していた。ヘッドドレスか髪飾りと思いこんでいたが、よくよく見ればちゃんと動く二つの猫耳である。

「つ、翼」

彼は急いで言った。

「赤草、翼」

「翼ね、わかった」

腰に両手をあてた姿勢で、少女は傲然《ごうぜん》とうなずいた。

思わず翼は店主の男を振りかえり、助けを求める視線を送った。だが男は無言で首をすくめただけだった。あとはペットと飼い主でどうぞご自由に、ということらしい。

「あたしの名前はよく考えて付けてちょうだいね、翼」

美少女がやや顎をあげて言いはなつ。

「言っとくけど可愛くないのは却下よ。変なの付けたら、返事してあげないから」

4

買ったばかりの〝猫〟を抱いて、翼はおそるおそる帰宅した。

昨夜のうちに、養父母には話をいちおう通しておいた。夕飯に出された鮭のムニエルをつつきながら、

「あのさ、あの……猫飼いたいんだけど、いいかな」

と切り出してみたのだ。脳内で各種シミュレーションした結果、ストレートに申し出るのがもっとも効果的かつ好感が持たれるだろうと判断しての台詞であった。

「あら、猫？　いいわねえ」

即座に養母の実名子《みなこ》が反応した。いつも無口な養父はといえば、菜の花の芥子和《からしあ》えの小鉢

からわずかに目をあげただけだった。

「誰かから、子猫をもらえるの？」

「いや、じつは……ペットショップの猫なんだ。じつはもう、手付け金を支払い済みで……事後承諾になっちゃって、ごめんなさい」

箸をかまえたまま頭をさげる。

「あら」と実名子はすこし目を見ひらいたが、

「一目惚れしちゃったのね。どんな子？　カタログとかもらってきてないの？」

と訊いただけだった。

よかった、まず第一関門はクリアしたようだ。翼はこっそり胸を撫でおろした。

「カタログはないけど、あ、ちょっと待って」

翼は箸を置いて立ちあがり、自室のスクールバッグを漁ってから急いで戻った。食事の途中に席を立つのは無作法《ぶさほう》だが、今日ばかりは細かいことは言っていられない。

「これ。この子」

店で撮ったポラロイド写真である。

養父母に見えるよう逆向きに食卓へ置くと、さすがに興味をそそられたか、養父の和朗《かずろう》も首を伸ばして覗きこんできた。

実名子が感嘆《かんたん》の声をあげた。

「まあ綺麗。ロシアンブルー？　シャルトリュー？　高いでしょうこんな子。値段はいくらするの？」

「あの、えっと……」

翼は口ごもった。

正確な値段を言うべきか迷う。生き物を売り買いした経験のない翼にもはっきりわかるほど、あの店主が提示した額は破格《はかく》に安かった。正直に答えたなら、養父母にあやしまれてしまいそうだ。ここは適当にごまかしておくべきだろう。なにか気の利いた冗談でも言って、なんとか言いくるめて——。

だが現実に唇からすべり出てくれたのは、

「だ、大丈夫」

という極めてお粗末《そまつ》な台詞だった。

「あのさ、そう、おれ、なんでかわかんないけど店主さんに気に入られちゃって、安くしてもらえそうなんだ。貯金でなんとかなる額だったから。とにかく大丈夫」

もはや頭の中で考えている暇もない。とにかく矢継《やつ》ぎ早《ばや》にまくしたてた。

案の定、実名子が怪訝そうな顔をする。

「ほんとに？　そんなことってあるの？」

「うん平気。あの、それと——あ、ワクチンも全部接種済みだって。飼いやすい子だって店主が言ってたよ。だから養父《とう》さんと養母《かあ》さんに迷惑かけたりしない。餌代《えさだい》だって、ちゃんとおれの小遣いから出すし」

しかし養母は呆《あき》れたように吐息《といき》をついた。

「あのね翼くん、知らないでしょ。ペットフードって意外と高いのよ。高校生のお小遣いでまかなってたら、ほかになにも買えなくなっちゃうわよ」

「大丈夫。えっと、それも店主から安く融通《ゆうずう》してもらえることになったし」

「まあ、いたれりつくせりなのね。はじめて会った店長さんに？　どこのお店？」

怪訝を通り越して、実名子の表情が〝不審《ふしん》〟に変わりつつある。

翼の背を、冷たい汗がひとすじ流れ落ちる。

「その店主さん、どうしてそんなによくしてくれるの？　何町のなんていうお店なの？　翼くんがそんなにお世話になっているんじゃ、まずは電話ででも一度ご挨拶《あいさつ》しておかないと」

「いやいいよ、大丈夫だって」

大丈夫の大安売りだ、と自嘲《じちょう》しながら、翼はなかば自棄気味《やけぎみ》に宣言した。

「おれが全部なんとかするよ。だっておれの猫なんだからさ！」

結局その後、場をまとめてくれたのは養父の和朗だった。

「うん。この子がここまで言うなんて滅多《めった》にないことだ。だから尊重しようじゃないか。高校生にもなったら男は一人前だ。金をぼくたちに出せと言うなら根掘り葉掘り聞く権利もあるが、翼が翼の金で払うなら、文句をつける筋合いはない」

と白飯を口に運びながら言った彼に、養母は気勢《きせい》を削がれたように、

「ああ、まあ……そうねえ。そうかしらね」

と気の抜けた声を発した。

「そうさ。だがもし猫の世話に飽《あ》きたり、途中で放り出すようなことがあれば、そのときは親として厳しく叱らなくてはいけない。生き物に責任を持たない人間は下の下だ。子供がそんなやつになりかけたとき、軌道修正《きどうしゅうせい》してやるのが親のつとめだ」

断言し、彼は漬物で最後の白飯の一口をかきこんだ。そんな養父に、翼は無言で深ぶかと頭を下げるしかなかった。

普段押し黙っているだけに、和朗の一言には妙な威力《いりょく》があるのだ。うらやましい限りであった。同じ「無口」でも、養父さんとおれとじゃぜんぜん意味合いが違う、と翼はつねに感じ入っていた。

――さて、そんなわけで昨夜は養父《ちち》が丸くおさめてくれたけど、どうなるか。

耳のそばでうるさく鳴る鼓動《こどう》をもてあましつつ、翼は玄関のドアノブを握った。

〝猫〟はおとなしく翼の腕に抱かれていた。彼の胸にもたれるようにして、なかば目を閉じている。睫毛が白い頬に影を落としている。

――ほんとにこれ、養両親《りょうしん》には普通の猫に見えるんだろうか。

と、いまさらながら訝る。

じつを言うと、店を一歩出るのも冷や汗ものだった。通行人にいつ「変態《へんたい》」と指をさされるかと気が気でなかった。さすがに動物連れでバスは乗れないかと、徒歩の帰宅を選んだせいで道中がやたら長く感じた。

しかしあにはからんや、体長約三十センチの美少女を抱いて歩く彼に、奇異《きい》な目を向ける者はいなかった。

正確に言えばたまに〝猫〟を覗きこんでくる人はいたものの、いずれも好意的な視線であった。みんな顔に笑みを浮かべ、「まあ可愛い」、「すごい美人さんね」などと誉めちぎってくれた。

中には舌をチッチッと鳴らして手を差しだしてくる男までいたが、美少女は顔をそむけて無視した。無視されているにもかかわらず男はでれっと頬をゆるめて、

「いやあ、なんて可愛いんだろうね」と翼に向かって笑ってみせた。

よく見れば会社の重役でも務めていそうな貫禄《かんろく》ある紳士だ。翼としては、あいまいに笑いかえすほかなかった。

――というわけで、帰り道は大丈夫だった。

だが果たして、この現象は養両親にも通じるのだろうか。

養父母に嫌われたり、疎《うと》まれるのは避けたかった。むろん施設から引きとってもらった恩もある。だがなにより、翼はあの養父母が好きだった。

あっけらかんと明るい元歯科衛生士の実名子と、家では滅多に口をひらかない薬剤師の和朗。

ふたりとも優しくて良識あるいい人だ。彼らに「そんなものを飼うだなんて」、「おかしな趣味があったのね」と思われたくはなかった。べつだんやましい感情があってこの猫を買ったわけではない。ないが、客観的に見たなら犯罪的な絵面《えづら》であるのは否《いな》めない。

「翼」

腕の中で少女がアルトの声をあげた。

「ん？」

視線をさげた翼の手の甲を、ブルーグレイの尻尾がさらりと撫でた。

「ここがあんたの家なんでしょ？　いいから入りましょ。大丈夫よ、翼がなにもしなくても、あたしが全部うまくやってあげるから」

「うまく、って」

どうやって、と口に出す前に、撫でられたばかりの手の甲を今度は尻尾できつく打たれた。反論はどうやら許されないらしい。諦めの吐息をつき、翼は玄関の扉をひらいた。

「……ただいま帰りました」


結論から言えば〝猫〟の言ったことは嘘ではなかった。

彼女を見るなり養母は狂喜《きょうき》し、「もう餌はあげてあるから」と言う翼をよそに、魚屋から刺身をとろうと言って聞かなかった。しかし結局刺身は、人間たちの夕飯になった。

養父はあいかわらず無表情ながら、右手に通勤鞄《かばん》、左手にホームセンターのビニール袋を携《たずさ》えて帰宅した。袋には先端に羽根のついた猫じゃらしと、爪とぎ板と、豚毛の猫用ブラシが入っていた。

じつにうまく〝猫〟は立ちまわり、養父母に己を平等に撫でさせ、愛《め》でさせた。

おかげで細かいことはいっさい訊かれなかった。小一時間も経つと「この子なしじゃ、もう我が家はまわっていかない！」という空気すら出来あがっていた。

その夜、翼が〝猫〟を連れて自室へ戻れたのは、いつもより三時間も遅い十一時過ぎのことであった。

5

「おまえの名前、決めたよ。『モナミ』でいいか」

翼がそう尋ねると、ちょっと思案《しあん》するように少女は小首をかしげた。

「モナミね、モナミ」

響きを確かめるように数回繰りかえすと、

「ん、いいんじゃない」

と猫――いや、モナミは鷹揚《おうよう》にうなずいた。

どうやら及第点《きゅうだいてん》がもらえたらしい。本棚に並ぶクリスティの著作からとった命名であった。正確には、デイム・アガサが創造した名探偵エルキュール・ポアロの、相棒へイスティングスへの呼称だ。

心優しい堅物《かたぶつ》の相棒をからかいながらも、ポアロはいつも彼をこう呼ぶのだ。わが友《モナミ》――と。

うまい具合に、ちょうど日本人の女の子っぽい響《ひび》きもある。漢字で書いたなら、萌波か萌奈実、といったところだろうか。

翼は同じく本棚に並んだ『グレート・ギャッツビー』の背表紙に視線を走らせ、声を落とした。

「〝オールド・スポート〟じゃ、呼び名には長すぎるもんな」

「なにか言った？」

モナミが顔をあげる。翼は苦笑した。

「言った。けど、独り言だよ」

「ひょっとして翼、独り言が多いタイプ？」

「というか、うーん」

翼は天井を睨み、なんと説明すべきかと迷いながら言った。

「なんていうか、独り言ならすんなり口から出てくるんだ」

「どういうこと？　相手がいると駄目なの？」

「うん」

翼はうなずき、また時間をかけて言うべき言葉を探した。

「頭が真っ白になるとか、言葉が浮かんでこない、とかじゃないんだ。逆なんだよ。……言葉が押し寄せすぎるんだ。ああ言えばいいか、それともこう言えばいいか、こんな言い方をしたら無神経と思われないか、疑問形にしたら詮索《せんさく》好きみたいで嫌がられないかって、ごちゃごちゃ考えてるうちに、会話の優先順位がわからなくなってしまう」

「優先順位、ね」

優雅な仕草でモナミはベッドに寝そべり、頬杖《ほおづえ》をついた。

「要するに、相手にどう思われるか気になってしょうがないってことね？」

「ていうか、怖いんだよ」

自分でも驚くほど、さらりと翼は本音を吐露《とろ》した。

「相手にいやな思いをさせるのが、がっかりされるのが怖いんだ。おれがなにか変なことを言ってしまって、相手に『え？』って顔をされるときが一番怖い。心臓がぎゅうっと痛くなって、冷や汗が出て、ばくばく動悸《どうき》がして——気絶しそうになる」

そうだ、過去にも何度かそんなことがあった、と翼は思いかえす。

小学校時代のクラスメイト。担任教師。施設の職員。みんな、翼のことを「扱いにくい子」だと思っていた。失語症《しつごしょう》ないしは発達障害《はったつしょうがい》だと思いこんでいた教師もいた。

「おれたちなんかとは、しゃべりたくないって思ってんだろ？」

と、面と向かって詰《なじ》ってきた男子生徒さえいた。

そうしてそのときも、翼はなにも言いかえせなかった。いつものように相手に不快感を与えない返答を模索《もさく》しながら、ただ無言で突っ立っていた。男子生徒は翼を憎々しげに睨むと、きびすをかえして去っていった。以後、彼が翼に話しかけてくることは二度となかった。

「ふうん」

わかったのかわかっていないのか、モナミは気のない返事をして、

「でもまあ、あたしに対してはそんな心配いらないわよ。あたしは翼が無神経でもお行儀悪くても、べつに嫌いになったりしないしね。だってあたしはあんたの猫だもん。——たまに、教育的指導はするかもしれないけど」

「教育——え？」

目をぱちくりさせる翼を後目に、モナミは片手でテーブル上の紙を引き寄せた。

「翼、これお医者のお手紙ね？」

先日行った医院でもらった、診療費の請求書兼領収書というやつだ。そういえばなんとなくテーブルに置きっぱなしにしたままであった。

「モナミ、字が読めるのか」

「むずかしい漢字は駄目だけどね。でもここに〝おくすり〟って字があるから、お医者のお

手紙だってことはわかる」

　ふふんとモナミは笑って、

「それにうちのお店に来る人は、たいがいみんななにかのお医者にかかってるもの」

　と言った。

「たいがいみんな？」

「そう。たいがいみんな。中にはお医者嫌いで、行かない人もいるけどね。でもどのお客さんも、どっか体の調子をおかしくしてるのは確か。あのお店は、そういう人だけが来れるお店なの」

　——みなまで言わずとも結構です。

　——当然だ、だからうちの店にたどり着いたのですからね。

　——うちにおいでになるのは、そういうお客さまばかりです。

　店主の声が、翼の脳内によみがえった。そうだ。そういえばあの男も「体調がすぐれないだろう」と訊いてきた。すべて見透かしたような眼をして、あの柔らかいバリトンで。

「……熱が、出るんだよ」

　翼の口から、われ知らず呟きがこぼれた。

「へえ」

モナミが相槌《あいづち》を打った。やはり気のない声だ。だが、そのほうがありがたい。べつに熱心に問いつめて欲しいわけじゃない。

独り言の延長のような口調で、翼はつづけた。

「と言っても微熱だけどさ。三十七度台だから、動けないってほどじゃない。だけど決まって水曜日の前後にだけ熱が出るんだよ。なんでかはわからない。四軒もの医者にかかったのに、原因不明のままなんだ」

「注射した？」モナミが問う。

翼は微笑した。

「したよ、血を採った」

「注射されて、お金払うのよね。痛い思いしてお金払うのって変よね」

「ああ、モナミもワクチン接種したんだもんな。痛かった？」

「痛かった。もう二度としたくない」

そう言うと、モナミは丸めた手で目を擦《こす》りはじめた。眠そうだ。翼が棚のデジタル時計を見やると、時刻はすでに零時近かった。

「いろいろ気疲れしただろうし、眠いよな。モナミ、もう寝ようか」

「うん。――着替えたい。翼、あたしのパジャマ出して」

「パジャマ？　あ、そうか」

慌てて翼はスクールバッグの下敷きになった包みを拾いあげた。

店主の男が綺麗にリボンをかけてくれた包みである。中身はモナミの着替えや靴、パジャマにお出かけバッグ等々だ。

「これ？　これでいいんだよな？」

誰にともなく訊きながら、翼は重ねられた服の間からパジャマを取りだした。

シルクのネグリジェでも着るのかと思いきや、意外に現代ふうなデザインだ。ただしサイズはまさにお人形用である。パイル生地というやつだろうか、もこもこふわふわと手触りがいい。ルームウェアと兼用タイプのパジャマらしく、猫耳のフード付きで、同色のルームシューズまで備わっていた。

「ええと、それじゃ、どうしようか」

と困惑する翼をよそに、モナミはベッドから下り立ち、パジャマを広げた。

「ちょっと、乙女が着替えるんだから向こう向いててよ」

「あ、ごめん」

赤くなって翼は体ごと壁に向きなおった。

どうやらモナミは独力で着替えられるらしい。助かった、と胸を撫でおろした。さすがに飼い主とはいえ、そこまでやらせられるのは困る。一介の男子高校生には刺激が強すぎる。

モナミの着替えを待ちながら、そういえば猫用のベッドってどうするんだろ、と翼はぼんやり考えた。

バスケットケースにバスタオルでも敷いておけばいいんだろうか。掛け布団もタオルでいいのかな。それに枕もいるか。でもモナミみたいな令嬢然《れいじょうぜん》とした美少女に、タオルの布団なんて失礼だろうか――。

「翼」モナミの声がした。

「あ、着替え終わった？」

翼は振りかえろうとした、だがその前にいち早く、

「翼、寝て」

ぴしゃりとモナミが言った。

「え」

「そこ、ベッドに先に寝て」

「あ、うん」

有無を言わさぬモナミの声音に、おとなしく翼は自分のベッドへ寝そべった。

なんの変哲《へんてつ》もない、ごくシンプルなベッドだ。アール・ヌーヴォー調でもロココ調でもな

く、むろん天蓋《てんがい》付きでもない。モナミが寝そべっていたあの典雅《てんが》な寝椅子とは比べものにならない、実用一点張りの寝具である。取り得といえば実名子のおかげで、間違いなく清潔《せいけつ》なことくらいであった。

ツタンカーメンのごとく行儀よく仰向けになった翼に、パジャマ姿のモナミが飛びのった。彼の胸から肩にかけて、指圧でもするかのように、両手でぎゅっぎゅっと押しはじめる。繰りかえし繰りかえし、右手で左手で、翼の体を交互に押している。

「……なにしてんだ？　モナミ」

「なにって、寝るためのベストポジションを探してるのよ。あ、動いちゃ駄目。じっとして」

「はい……」

命令どおり、翼は身じろぎをやめた。

やがてモナミは鎖骨《さこつ》の窪《くぼ》みが気に入ったらしく、そこに頭をのせて、こてんと横になった。ちょうど翼の胸の上を占領《せんりよう》するかたちになる。どうやら今夜はこの姿勢で寝るつもりらしい。

「おやすみなさい、翼」

睡魔《すいま》に負けた、くぐもった声でモナミは言った。

数秒と経たないうち、規則正しい寝息が聞こえはじめる。

「……おやすみ、モナミ」

右手を伸ばしたが、枕もとのスタンドに届かなかった。愛猫を起こさぬよう、翼はミリ単位でずりずりと体をずらし、数分後になんとかスタンドを消しおおせた。

6

「モナミの餌はおれの小遣いで買うから」

と明確に宣言したにもかかわらず、早くも養母は翌日の夕方、「安かったからついでよ、ついで」と、翼の部屋の前に高級キャットフードの缶詰を十個積みあげた。さらに夜半には、缶詰の量は倍に増えていた。間違いなく養父からの「お土産」分である。

「……あの、養母《かあ》さん。ちょっと訊きたいことが」

「はいはい、なあに?」

めずらしくキッチンへ入ってきた息子へ、実名子が皿を洗う手を止めずに応じた。

翼は言いよどみつつ、

「猫に甘いものって、あげても大丈夫なもんかな」と訊いた。

ゆっくりと振りかえった養母の顔は、いままで見たこともないほどに厳しく険《けわ》しいものだった。

「あのねえ、翼くん。犬や猫というのは、人間よりずっと内臓《ないぞう》がちいさいのよ。そんな子たちに塩分や糖分を人間と同じ量あげたら、心臓も腎臓も持たないでしょう。脂肪分なんかも肥満の原因になって、個体の寿命を縮《ちぢ》めることになるのよ。軽い気持ちで与えちゃいけないの。それって、ペットに対する虐待《ぎゃくたい》よ」

「ぎ、虐待」

思わず翼は数歩退《さ》がった。

実名子が眉根を寄せ、さらに追い打ちをかける。

「とくにチョコレートなんかぜったい駄目。猫にカカオは毒《どく》だからね。それと、人工甘味料も肝臓に悪いから駄目。だいたい猫って、舌に甘みを感じる機能が生物学的に備《そな》わってないらしいわよ」

「そうなんだ……」

実名子に気圧《けお》されつつ、「ありがとう、養母さん」と翼はキッチンから退散《たいさん》した。

「——というわけで、仏間《ぶつま》から内緒でちょろまかしてきた」

そう言って翼が取りだしたのは、蜂蜜《はちみつ》の大壜《おおびん》であった。場所はもちろん翼の部屋で、モナミとふたりきりだ。誰も入ってこないよう、ドアの内鍵もしっかり掛けてある。

「去年お歳暮《せいぼ》で送られてきた蜂蜜だよ。箱ごと仏壇の横に放置されてたから、たぶん一壜くらいなくなっても養母さんは気づかないと思う」

「えー、去年のぉ？」

と不満の意をあらわすモナミに、翼は首を振ってみせた。

「大丈夫、未開封だ。だいたい蜂蜜は消費期限の必要がないくらい腐《くさ》らない食品なんだぞ。だから問題ない」

とはいえ、さすがに毒味役は必要だろう。軽はずみに食べさせて、モナミに腹痛《ふくつう》を起こさせるわけにはいかない。

まずは一匙《ひとさじ》、翼が食べてみることにする。壜にスプーンを挿し、慎重にすくう。黄金いろの粘液《ねんえき》がとろりと糸を引いた。口に入れる。舌の上で味わう。

「どう？」

モナミが小首をかしげた。

「うん。……問題なし」

翼は指でOKサインをつくり、洗面所でスプーンを洗ってから戻った。今度こそ、モナミのために一匙すくう。

「おいしそう」

モナミが目を輝かせた。行儀悪く舌なめずりまでして、まさに猫の顔つきだ。

「ちょっとだけな。あげすぎると、おまえの内臓によくないらしいから」

「平気よ。あたし、ただの猫じゃないもん」

「そうだろうけど、万が一なにかあったら困るだろ。様子を見ながらちょっとずつだ」

「頑固なのね」

「そりゃそうだろう。ほかのことならともかく、モナミの体にかかわることなんだから」

「……そうね。いいわ、わかった」

モナミは肩をすくめた。

「翼に気を遣われるのって、悪い気しないしね」

モナミとの日々は楽しかった。

それでもさすがに平日は学校へ通わねばならない。学費を払ってくれる養父母のためにも、学生の本分はまっとうしなくてはいけないのだ。

——たとえ、友達がひとりもいない学校であっても。

教師の「ここテスト出すぞー」の声に従って教科書にマーカーを引きながら、翼はそう胸中で呟いた。

高校生になって、早や一箇月と十日が過ぎた。だがその間、級友と言葉を交わしたのはほんの数えるほどだ。最近は挨拶以外では、話しかけてくれる生徒すらいなくなった。

救いは偏差値《へんさち》に見合って教師のレベルが高く、授業が面白いことである。中学時代のような、眠くて眠くてどうしようもない授業はいまだ体感したことがなかった。このまま孤独な三年間を過ごすとしても、休まず通う価値のある高校であるのは間違いなかった。

ただ、懸念はあった。行事だ。『文武両道かつ自由な校風』を謳《うた》うこの高校は、体育祭だの文化祭だの、イベントごとに力をそそぐことでも有名らしいのだ。

もしもその時期になったら、いわゆる〝ぼっち〟の自分がどんな立ち位置に置かれるのか。和気藹々《わきあいあい》としたクラスの中で、いったいどれほど浮くのか――。とりあえずいまは、考えないことにしておいた。想像しただけで胃が痛んできそうだ。

「ただいま」

自宅の玄関ドアを開けた瞬間、養母の嬌声《きょうせい》が聞こえてきた。

どうやらモナミをかまって遊んでいるらしい。「モナミちゃーん」、「気持ちいい？　ああもう可愛い。なんていい子なの」などと断続的に甘い声がする。

翼がそっとリヴィングを覗きこむと、うつぶせになったモナミの尻尾の付け根あたりを、実名子が見るからに絶妙な強弱でもって撫でつけていた。

モナミはうっとりと目を閉じ、されるがままになっている。

翼に撫でられるたび見せる「違う、そこじゃない」、「いまいち」という不満顔からは、およそ考えられぬ恍惚《こうこつ》の表情だった。

「あら翼くん、おかえりなさい」

実名子が顔をあげた。床いちめんに羽根つきの猫じゃらしやら、鼠《ねずみ》のかたちをした電池で動く玩具《がんぐ》やらが所せましと散らばっている。

養母は壁の時計を見あげて、

「やだ、もうこんな時刻なのねえ。モナミちゃんと遊んでると、ほんと時間の経つのが早くて困るわ」

夕飯の買い物に行ってくるからあとお願い、と言い置いて、実名子は財布片手にばたばたとリヴィングを出て行った。

モナミはうつぶせのまま首だけをもたげ、翼を見あげた。

「おかえり、翼……」

息まで切らしている。髪は乱れ、頬が真っ赤だ。

「あんたの母親、たいした手練《てだ》れだわ……」

ふう、と感に堪《た》えぬ様子で息をついて、ようやくモナミは上体を起こした。

「あんなに撫でるのがうまい人、はじめて会った。あれはもう達人の域ね……」

「そ、そうか」

スクールバッグを抱えた姿勢で、彼はうなずいた。「それはよかった」というほか、リアクションの取りようがなかった。

翼はバッグを背に置き、床にあぐらをかいて座った。待ちかまえていたように、モナミが膝《ひざ》の上へと飛びのってくる。

「母親は達人なのに、どうしてあの技は翼に遺伝《いでん》しなかったのかしら。ほんと残念」

恨めしげに言うモナミに、翼は苦笑した。

「遺伝はしないよ。だって、ほんとの母親じゃない」

「そうなの」

「うん。あの人たちは養父母。おれが十一歳のとき、養子に迎えてくれたんだ」

腹に頬をすり寄せてくる愛猫を、彼女いわく「いまいち」な手つきで翼は撫でた。モナミの髪は一見黒だが、陽射《ひざ》しのもとでは毛並みと同様、青みがかった艶を帯《お》びて光る。

「実の母親は、顔も知らない。実父は六歳のとき死んだらしい。だから六歳から五年間、おれは小学校五年生になるまで施設にいたってわけ」

「シセツってなあに」

「親がいなかったりで、育てる人がいない子供が入るところだよ」

「ふうん。そういえば、あたしも親っていないわ」

眠そうな、ふやけた声でモナミが言う。口調にまるで同情の色がないのが、奇妙なほど心地いい。

「お父さんのこと、覚えてる？」モナミが訊く。

「覚えてるよ、断片的にだけど。父と祖母と、いっしょに住んでたんだ」

「お父さん、好きだった？」

「うん」

ためらいなく翼は首肯《しゅこう》した。

「あらためて言うのも変な気分だけどさ、日本じゃ親子の愛情なんて、いちいち口に出す習慣がないから恥ずかしいけど——……」

彼は微笑んだ。

「でも、大好きだったよ」

7

「ほら、手出して」

「ん」

爪切り鋏《ばさみ》を手に、翼はパジャマ姿のモナミに右手を差しださせていた。

おそろしくちいさな手で、ちいさな爪だ。「桜貝のような」という、よくある比喩《ひゆ》表現がこれほどしっくりくる爪もそうあるまい。

「ちゃんと爪切りしとかないとさ、おまえの寝る前の指圧、痛いんだよ」

「ん」

ぱちん、ぱちんという音とともに、広げたティッシュに切った爪のかけらが落ちていく。薄くて可憐《かれん》なのに、どこか鋭利《えいり》な刃物のようでもある。

「……ちょっと、話していいか」

翼は低く言った。

モナミがうなずく。「どうぞ」

「と言っても、うまく話せるかどうかわかんないんだけどさ。……おれ自身、ぜんぜん整理できてないから、わかりやすく説明しようにも時系列からして混乱してるし。なにより記憶が飛んでる部分が多すぎるし、それに——」

うだうだと前置きの長い翼に、モナミが呆れ顔をした。

「あのね、前にも言ったけど、そんなの気にしなくていいの。あたしはあんたのためにここにいるのよ?」

少女は断言した。

「話が下手だったくらいで、いまさら嫌いになったりしないわよ」

「そっか」

わかった、と眉をさげて笑い、翼は観念《かんねん》して訥々《とつとつ》と話しはじめた。

「昨日も言ったけど、おれの実の両親って、もうかなり前に死んでるんだよ。母親は一歳くらいのときに病気で死んで、父親はその五年後、事故で死んだそうなんだ。夜更《よふ》けに山道を車で走ってて……スピードの出し過ぎだったのかな、ガードレールを突き破って、車ごと崖下に落下したらしい」

「翼は乗ってなかったのよね?」

「うん。おれは事故のとき、警察にいたから」

翼はほろ苦く笑って、

「話が全部『らしい』とか『そうだ』ばっかりなのは、その場にいなかったせいもあるけど、父が死んだショックで、事故前後数年の記憶がほとんど抜け落ちたからなんだ。でもそのとき警察にいたってことははっきりしてる。記録にも残ってるし、制服姿の警察官が歩きまわる署内の風景とか、ジュースを買ってくれた警官の笑顔なんかをおぼろげに覚えてるから」

と言った。

モナミが問う。

「失くしたぶんの記憶って、まだ取り戻せていないの？」

「うん。でも養父《とう》さんと養母《かあ》さんがカウンセリングに通わせてくれたおかげもあって、生活にはとくに支障ない。当時は色々大変で、施設には迷惑かけたみたいだけどさ。十年も経ったいまとなれば、五、六歳の記憶なんかなくても関係ないもんな。かろうじて断片的に覚えてるのは父のことだけで――でも、無意識に思い出そうとするたび、混乱する」

「混乱、って？」

「………………」

たっぷり考えてから、翼は口をひらいた。

「思い出の中の父は、なんていうか……おかしな人なんだ」

愛猫の爪の切り具合を検分《けんぶん》しながら、彼はつづけた。

「おれのことをものすごく可愛がってくれたかと思えば、『お前なんかいらない』って笑いながら平気で言う。おれが風邪を引いたら一晩じゅう看病《かんびょう》してくれる優しさがあるくせに、掌を返していきなり罵倒《ばとう》してきたりする。まるで一貫性がないんだ。気分屋にしてもひどい。日によって別の役を演じてる俳優みたいに、人となりが全然わからないんだよ」

「なにそれ、ほんとに変ね」

モナミが眉根を寄せる。

翼は額に垂れた髪をかき上げて、

「父は精神的に不安定な人だったのかもしれない。もしかしたら事故も、それが原因なのかもな。でもおれの記憶のほうが間違ってるって可能性も高い。ほんとのところがどうだったのか、いまとなっては誰にもわからないんだ」

「でも翼は、お父さんが好きだったのよね？」

「ああ」

少年は首肯した。

「言っただろ。……大好きだった」

ふうん、とモナミは眉間の皺をさらに深くしてから、ぱっと顔をあげた。

「――そうだ、ソボ！　翼、『父と、祖母といっしょに住んでた』って言ってたわよね。そのソボにお父さんのこと訊けばいいじゃない。いまどこにいるのよ」

「亡くなったらしいよ」

　短く翼は答えた。

「父が死んで、老人ひとりで子供を育てるのはきついってことで、おれを施設に預けたんだそうだ。そのあと二年くらいして亡くなったのかな。施設に連絡が来て、一応お葬式に出席した。焼香《しょうこう》しただけですぐ帰ったけど」

と言ってから、「あ、ちなみに祖母っていうのは、父のお母さんってことな」と翼は付けくわえた。

「おばあちゃんってことね」

「そうそう」

「じゃ、おじいちゃんは？」

「いなかったんじゃないかな。いたとしても、まったく覚えてない。おれが生まれる前に亡くなったのかも」

「お父さんとソボと、翼はどんな家に住んでたの」

「どんなって、普通の一軒家――いや」

翼は目を泳がせた。

「アパートに住んでた時期もあったな。なんでだろう、家の建て替えでもしたのかな。一時期だけの仮住まい、みたいな……。広い家より、狭い家のほうがみんなと距離が近くて楽しい、って思ってた気がする。フローリングに直に布団を敷いて、川の字で寝たりしてさ」

「カワノジってなあに」

「三人で並んで寝ることだよ。川って漢字が、縦に三本線だから」

「なるほど」とモナミが首を縦に振る。

翼が笑顔を歪《ゆが》め、

「楽しかったんだ。楽しい日々だったんだけど——」

ふっと声を落とした。

「でもおれ、捨てられたんだ」

「え？」

モナミが目をしばたたく。

翼は言葉を継いだ。

「父に、郊外のショッピングセンターに捨てられたんだよ。車に乗せられて、降ろされて……置き去りにされた。顔を真っ赤にした父に、『おまえみたいなガキはいらん。二度と戻って来るな』って怒鳴《どな》られたのをはっきり覚えてる。おれの中で、唯一鮮やかな当時の記憶だよ」

翼は顔をしかめ、こめかみを指で押さえた。

「だからだ。だからおれは警察にいたんだ。泣いてるおれを、通行人が店員のとこまで連れていってくれた。店員がアナウンスしたけど、父は迎えにこなかった。店員が警察を呼んで、おれは近くの署に保護されて――その夜、父は崖《がけ》から転落死した」

彼は顔をあげ、苦く笑った。

「ごめんな。重い話してるよな、おれ」

「べつに謝ることないわ」

モナミはこともなげに言った。

「翼が話したいなら、話せばいいじゃない」

「うん」

弱よわしく笑って、翼は立ちあがった。足もとがかすかにふらつく。

「ごめん。ちょっと部屋の外で、冷たい空気を吸ってきたい。ついでに下で、なんか飲みもんつくって持ってくるよ。……モナミ、なにがいい？」

「甘くてあったかいの」

モナミは即答《そくとう》した。

「甘くてあったかくて、同じのをふたつ。翼とあたしのぶんね。違うのは駄目」

「わかった」

うなずいて、翼は自室のドアを開けた。


「冬になったら、ココアも飲ませてよね」

冷ましたホットミルクをスプーンですくって飲ませてもらいながら、モナミが言う。

カップにマシュマロを三つずつ浮かべた、蜂蜜入りのホットミルクだ。ピンクと白のマシュマロがしゅわしゅわ泡立ちながら、甘く濃いミルクに溶けていく。

翼は唸った。

「でもココアって、成分はチョコと変わりないだろ？　うーん、やっぱり不安だなあ」

「大丈夫だってば。あたしは子猫の頃から飲んでるもの。あ、そうだ。あんたの好きな名探偵だって大好物じゃないの」

「ポアロな。うん、確かにホットチョコレートをよく飲んでる。あれって要するにココアだもんな」

と翼は納得しかけてから、

「よく知ってるな」と言った。

「映画で観たもん。『オリエント急行』でしょ。それから『ナイル殺人事件』」

モナミが澄《す》まし顔で答える。

「言っとくけどあたし、翼が思ってるより教養があるのよ。本だっていっぱい読み聞かせしてもらったし、いつどんなに素敵な飼い主が迎えに来てもいいよう、外見も中身も念入りにケアされてきたんですからね」

「な、なるほど」

マシュマロを喉に詰まらせそうになり、翼は目を白黒させながら首肯した。

――外見も中身も念入りに、か。

確かにそうだ。モナミはどこからどう見ても〝最上級の猫〟だ。

いまさらながら、なぜ彼女はうちに来てくれたのだろうと不思議に思う。モナミならば飼い主を選べる立場だろうに、ほかにもっとリッチでセレブな客だっていただろうに。なんでまた、おれごときを気に入って飼われてくれたんだろう。

「あら、なにこれ」

ベッド脇のチェストに飛び移ろうとして、モナミが声をあげた。

「なんか尻尾にひっかかった」

「ああ、体温計だ」

翼は手を伸ばし、スタンドの横へ置いていたデジタル体温計を抽斗にしまった。

「明日は水曜だから、つい習慣で出してた」

気づけば、心はだいぶ落ち着いていた。

そういえば甘くて温かい飲み物は、鎮静《ちんせい》効果があって安眠《あんみん》できるのだという。モナミはそれと知っていて翼にオーダーしたのかもしれない。なにしろ本人いわく、教養ある猫なのだそうだから。

「そっか、今日は火曜日だもんね。じゃあ明日は水曜、と」

伸びをしながらモナミが言った。

「じゃあ翼はまた熱が出ちゃうの？」

「たぶんね」

「学校は？」

「もちろん行くよ。休むほどの高熱は出ないんだ。ちょっと体がだるいと感じる程度」

「学校って行ったことないけど、熱を出してまで毎日行かなきゃいけないもんなのかしら」

モナミが心底不思議そうに言う。

「楽しいの？」

「そうでもない」

「じゃあなんで行くの。会いたい人でもいるの？　可愛い女の子とか？」

「それもいないな」

翼は即答した。目当ての女の子どころか、そもそも友達すらいない。だがその答えに、「そう、ならいいわ」とモナミは言った。

「え、いいのか？」

「いいの。翼に女の子はまだ早い」

「ああ、まあ、確かにそうかも……」

反論できず、翼はひかえめに肯定《こうてい》した。確かに自分は、異性に色気など出せる段階にいないと思う。もっと根本的というか抜本的というか、ともかくそれ以前の問題だ。

「でも、そうね。どうして水曜日にだけ熱が出るのかしら」

モナミは思案顔で言った。

「学校では、水曜日に何があるの？」

同じような思案顔をつくり、翼は答えた。

「うーん、授業なら一限から順に数学A、オーラル、現社……それと、芸術の選択科目だな」

「センタクカモクって？」

「書道、美術、音楽のうち、好きなのを選んで履修《りしゅう》できるんだ。おれは美術にした。絵を描く授業だよ」

　モナミが首をかしげる。

「翼、絵が嫌いなの？」

「嫌いじゃないよ。嫌いなら選択しない」

否定する翼に、モナミは眉を曇らせた。

「じゃあ何が嫌なの」

「嫌じゃないってば」翼は苦笑した。

　モナミが頬をふくらませる。

「嘘。だって熱を出すじゃない」

　彼女は立ちあがり、翼の鼻先に指を突きつけた。

「あのね、あたしの前でくらい、嫌なことは嫌って言いなさいよ。何度も言うけど、あたしはあんたの猫なのよ。ほかの人がどうだろうと、あたしにだけは嘘をつく必要ないんですからね」

「うん、ごめん」

殊勝《しゅしょう》に翼は謝った。じつにモナミは高圧的で、ずけずけと遠慮会釈《えんりょえしゃく》ない。だが嫌な気持ちはまるでしなかった。むしろ胸の底が温かくなった。

穏やかに彼は言った。「でも、ほんとに絵は好きなんだ。嘘じゃない」

「そう」

ならいいわ、と納得したようにモナミはうなずいた。

ちょうどホットミルクも飲みきった。合点《がってん》してすっきりしたところで、早くベッドに入るようモナミが示唆《しさ》する。おとなしく翼はそれに従った。最近はちゃんと電気スタンドも、手が届きやすいところへ設置しなおしている。

胸の上で恒例《こうれい》の指圧ののち、モナミが〝本日の安眠ポイント〟を見つけたらしく、ことりと頭を落ちつけた。

「おやすみなさい、翼」

「おやすみ、モナミ」

枕もとの電灯が、静かに消えた。

8

翌日は予想どおり、朝から微熱が出た。そして木曜の昼前にはさがった。これもまた、いつもの現象であった。

土曜の朝、翼は財布に入れっぱなしだったペットショップの名刺を取りだした。起きたばかりでまだ眠たげなモナミを、軽く揺すって言う。

「なあ、昨日、養母《かあ》さんに今月のお小遣いもらったんだ。今日はあの店に行って、おまえの新しい服でも買ってこようか」

ぱちりとモナミが目をひらいた。

「いいの？」

「いいよ。今月はたいして欲しい本ないし」

それにモナミだって、口には出さずともあの店主に会いたいだろう。生まれてからあそこにずっといたなら、彼が親同然の存在なはずだ。

あらためて翼は名刺をとっくりと見つめた。とうてい読めない飾り文字の店名と、一転してゴシック体の電話番号と、店主の姓らしき『篠井《しのい》』の二文字だけが刷られた名刺である。

定休日だったら困るなと、まずは電話でお伺いを立ててみた。

「これからモナミを連れて行く」と言うと篠井店長は大喜びで、丁重に店までの道順を説明しなおしてくれた。

散歩がてら徒歩で行くことに決め、モナミを抱いて向かう。

「風が冷たくないか？」

「平気よ。今日はいい天気だもん」

彼女の言うとおり、空は美しい五月《さつき》晴れだった。桜はすでに散ってしまったが、熟《う》れた花の香りが大気に満ちている。降りそそぐ陽射しは優しく、おそらく一年のうちで一番過ごしやすい季節だ。

「いらっしゃいませ。お待ちしておりました」

店はさいわい、覚えていたままの場所にあった。

篠井店長はモナミとの再会を喜び、モナミはといえば「あたしはべつに」と平気なふりをしていた。だが嬉しがっている証拠に、腰の尻尾がぴんと立っていた。

彼らが再会を楽しんでいる間、翼はゆっくりと店内を歩いてまわった。鳥籠にも水槽にも、あの日見た美少年、美少女たちが全員健在であった。どうやらあのあと、新しい「正当な飼い主」とやらは現れていないらしい。

「翼、翼！　服見せてくれるって！」

「え？　ああ」

モナミに呼ばれ、翼は小走りに篠井店長の前へ戻った。

正直に予算を申告して、店長に電卓を叩《たた》いてもらう。店には小抽斗ほどの大きさの衣装箪《だん》笥《す》があり、スライド式の扉を開けると、少女用の華やかな服がぎっしり詰まっていた。

翼は店長おすすめの春服三着と、帽子と、モナミが欲しがった髪飾りを購入した。これで早くも今月の小遣いの三分の二が消えたことになるが、まあいい。ペットには金がかかるものと相場が決まっている。

砂糖たっぷりの温かいお茶と焼き菓子をご馳走《ちそう》になり、時計の長針が二周ほどした頃、「じゃあそろそろ」と翼はモナミを抱いて立ちあがった。

「ぜひまたいらしてください」店長が微笑む。

「あ、はい。また小遣いが入ったら」

「べつだん買い物でなくていいんですよ。御用がなくとも、いつでもその子といらしてください。元気な顔が見たいですからね」

店主の言葉に「そうします」とうなずいて、翼は店を出た。

時刻はちょうど昼どきである。しかしお茶と焼き菓子のおかげで満腹だ。

腹ごなしに散策《さんさく》しようということになり、角を曲がって小路に入った。とはいえモナミは抱かれどおしだから、正確には歩いてカロリーを消費するのは翼だけである。

「迷子にならないでよ、翼」

「大丈夫、今日はちゃんとスマホを充電してあるから。もし迷ったとしてもおれたちには地図アプリがある」

翼はそよ風に目を細めて、

「ほんとにいい天気だ」と言った。

住宅街に入ったらしく、瓦屋根《かわらやね》の波が幾重《いくえ》にもつづいている。しまい忘れ気味の鯉《こい》のぼりが青空にはためいている。白い塀にフックで吊るすタイプの鉢植えを下げた家が多い。咲き誇るパンジーやゼラニウムが、小路の景色に可憐な色合いを添えている。

「あれ？」

翼は一点に目を留めた。

「どうしたの」

「いや……」

わずかに言いよどみ、

「あの屋根、見覚えがある気がして」

オレンジ色の、洋瓦の屋根だった。色も珍しいが、それよりてっぺんの風見鶏《かざみどり》に特徴がある。横を向いた鶏でなく、翼を広げた鳩《はと》のかたちをしているのだ。

「気のせいかな。子供の頃、このへんに来た気がする。――いや」

彼はゆっくりと首を巡らせた。

「――住んでた、気がする」

「そう思うならそうなんじゃない」

ことなげにモナミは言った。

「住むにはよさそうな街だもん。『子供がいるならこういうとこで育てたい』ってみんなが考えそうな、ちょっといい住宅街って感じ」

「いやでも、おれのもとの家は、確かもっと遠く……」

スマートフォンを取り出し、地図アプリを起動させて翼は目を見ひらいた。

いつの間にこんなに歩いたのだろう。現在位置は、ペットショップがあるとおぼしき場所から四、五キロは離れている。二十分と歩いていないはずなのに、妙だ。

――それにどっちにしろ、おれの実家があった場所じゃない。

施設に行く前、翼は山が見える一軒家に住んでいたはずだ。いっときアパートに住んだことはあるものの、記憶のほとんどはその家で培《つちか》われている。父がいて、祖母がいて、広い庭があったと覚えている。

――それは、ここじゃない。

ということは。

「こらっ、しっ！」

かん高い叱責《しっせき》が、翼をはっと覚醒《かくせい》させた。

彼に向けられた声ではなかった。数メートル先で、門扉《もんぴ》から上体をのりだすようにして、中年女が箒《ほうき》を振りあげているのが見えた。顔が真っ赤だ。首や耳朶《みみたぶ》までが赤黒く染まっている。

女が憤怒《ふんぬ》の目を向けているのは、一匹の虎猫であった。

「しっ、しっ！　向こうへ行けったら！」

怒鳴っても逃げない虎猫に業を煮やしたのか、女は猫めがけて石を投げつけた。

思わず翼は短い声をあげた。だが虎猫はひらりと身軽に石をかわすと、一目散《いちもくさん》に駆け去っていってしまった。

女は肩で息をしながら舌打ちした。そして視線に気づいたのか、ふいと翼を振りかえる。

彼の腕に抱かれているモナミを見て、女はふたたび顔を歪めた。

慌てて翼はきびすをかえし、いま来たばかりの道を一目散に走って戻った。角を二度曲がり、ブロック塀にもたれてようやく吐息をつく。

「……そうだよな、世の中には動物嫌いの人もいるんだもんなあ」

最近猫好きにばかり会ってたから、麻痺《まひ》してた——と翼はひとりごちた。

そういえばあの家の前には何本となく、猫避けらしき水入りペットボトルが並んでいた。あれは果たして効き目があるのだろうか。モナミは水も光る物も怖がらないのでよくわからない。

「世の中、いろんな人がいるよな。当たり前だけど」

と呟いた彼に、

「でもさ、わかんないわよ」

とモナミが言った。

「確かにさっきのあの場面だけ切り取ったら、石を投げたおばさんが悪人に見えるわよね。でも野良猫があの庭で粗相《そそう》しつづけたから、ついに堪忍袋《かんにんぶくろ》の緒が切れちゃっただけかもよ。もともとは猫嫌いの人じゃなかったのかもしれないわ。世の中にはいろんな人がいるのと同じくらい、いろんな猫だっているものね」

モナミは肩をすくめた。

「どっちがいい悪いなんて、通りすがりのあたしたちには判断できないわ」

「へえ」

「なによ、へえって」

翼の相槌に、モナミが口を尖らせる。

「いや。猫なのに、全面的に猫の味方をするわけじゃないんだな、と思って」

「当たり前じゃない。あたしは教養ある、公平な猫だもん」

モナミはつんとして言った。

「あたしが無条件で味方する相手なんて、この世の中で飼い主のあんたくらいのものよ」

「あ、こら。それはよそん家《ち》の花だぞ」

生け垣の躑躅《つつじ》に爪さきでちょっかいを出すモナミの手を、翼は掌でくるんで慌ててたしなめた。

「だって、この花知ってる。蜜が吸えるのよ。クリームや蜂蜜ほどじゃないけど、けっこう甘くて美味しいの」

「篠井店長、そんなことさせてたのか」

意外だ、と翼は思った。もっと厳重に商品を管理するだろうタイプに見えたが。

「ま、ほかの子にはそんなことさせないけどね。篠井さん、あたしのことはけっこう放任だったから。あのお店の裏ってね、いろんな花が植わってるの」

またもちょいちょいと躑躅をいじるモナミを「駄目だって」と苦笑して翼は叱った。だが

そのとき、ちょうど生け垣の向こうから、

「あら猫ちゃん。悪戯《いたずら》っ子ねえ」

とかすかに訛《なま》りのある声が聞こえた。

躑躅の脇から顔を覗かせているのは、髪を薄紫に染めた七十歳ほどの老婦人だった。さっきの中年女とは正反対に、モナミを見て目尻を下げている。

その瞬間、翼はいつものごとく緊張で強張り、絶句《ぜっく》した。

知らない人は苦手だ。いや知っている人も苦手だが、こうして話しかけられるのが一番困る。いったいどう反応し、なんと言えばいいのか、皆目《かいもく》——。

しかし間髪を容れず、モナミが「挨拶して！」と彼の手を尻尾で打った。

「あ、こ——こんにちは。すみません」

たどたどしくも頭を下げ、謝罪《しゃざい》する。

「あの、うちの猫が、えーと、花の蜜が好きだって、それで。す、すみません。よそのおうちの花なのに」

「いいのよ。こんなの、季節になればいくらでも自然に咲く花なんだから。薔薇《ばら》やなんかと違って、丹精《たんせい》してるわけでもないし」

老婦人は鷹揚に笑うと、躑躅の花をひとつ千切ってモナミに渡した。

「はい猫ちゃん。甘いものが好きなのね？　あらまあ、なんて美人さん」

横に伸ばした中指で、喉の下をくすぐる仕草が堂に入っている。どう見ても猫を飼ったことがあるか、いまも飼っている人の手つきだ。

モナミが遠慮《えんりょ》なく躑躅の蜜を吸いはじめる。よかったな、と翼は目を細めた。しかし目の前の老婦人がモナミでなく自分を見ていることに気づき、すぐに顔をあげる。

「ええと、あの——」

おれの顔になにか付いてますか、と訊くべきか迷った。

彼が言葉にもたついているうち、老婦人のほうは決心がついたのか、首をかしげながらも切り出してきた。

「ねえ。あなたもしかして——宮本《みやもと》さん家の、翼ちゃんじゃない？」

「えっ」

仰天《ぎょうてん》して、翼はわずかに身を引いた。

確かに宮本は、翼の旧姓だ。養父母に引きとられて赤草姓になったが、それまでの十一年間、彼は確かに『宮本翼』であった。

老婦人は安堵《あんど》したように頬をゆるめて、

「やっぱりそうだ。その、右目の下に二つ並んだ泣きぼくろに見覚えがあるもの。まあまあ、ずいぶん背が高くなったのねえ。いくつになったの」

「ええと、あの、十五です。高校一年です」

「高校一年生。まあ、あのちっちゃかった翼ちゃんがねえ。どうりでわたしも、こんなに歳をとるはずだわねえ」

女はそこで声を落として、

「お父さんのことは、お気の毒だったわ」と告げた。

「は――はい」

翼も粛然とまぶたを伏せた。

腕の中のモナミを抱えなおす。ということはやはり、自分は以前この近辺に住んでいたらしい。できればこの人からもっと話を聞きたい。でもいったい、なにをどこから訊いたらいいものか――。

ふたたびモナミの尻尾が、翼の手を打った。

「いまはみんなどうしてるのか、って訊きなさい」

早口でモナミが言う。

「昔の家とか、まわりにいた人とか、どうなってますかって」

ああそうか。そこから尋《たず》ねればいいのか。愛猫に感謝しつつ、翼はちょっと咳払いして、

「あの、おれが住んでたとこって、いまはどんなふうになってますか？」

と尋ねた。老婦人は頰に手をあて、

「ああ、あのアパートね。残念だけどあそこはもう、何年も前に取り壊されちゃったのよ。確か駐車場だかコンビニだかになったんじゃないかしら。いまはどこもかしこも同じようなコンビニで、街が味気ないわよねえ」

「そ、そうですね」

あたりさわりのない相槌を打ち、翼は思案した。

アパートということは、うっすら覚えているあのアパートと考えていいだろう。広い実家とは違い、ワンルームの手狭なアパートだった。家具も家電もほとんどなかった。テレビと冷蔵庫だけはかろうじてあった気がする。

あのアパートにいるときは、お父さんがいっしょに寝てくれるから嬉しかった。二人ともつねに笑顔でいられた。実家では、およそ考えられないことだった——。

「翼ちゃん、いまはどうしてるの？　お祖母さまとお住まい？」

老女の声が記憶をさえぎる。

「あ、いえ」翼は首を振った。

「いまは養父母と住んでます。高校もそこから通わせてもらって、あの、すごくよくしてもらってます」

「まあよかった」

老婦人が胸を撫でおろす。

「きっといいおうちなのね。この猫ちゃんを見ればわかりますよ。こんなに綺麗で、つやつやしておとなしくて。あのね、ペットを見れば、そこの御宅《おたく》がだいたいわかるものなの。ペットが綺麗で幸せそうなおうちは、間違いなくいいおうち」

「あ、ありがとうございます」

ぎこちなく翼は礼を言い、つばを飲んで、あらためて切り出した。

「あの……すみませんが、このあたりにおれと父について覚えてそうな人って、ほかにもまだ住んでらっしゃいますか」

「ええ。このへんの人はほとんど、あの頃のまま住んでいますよ。人の出入りが激しい地区じゃあないしね。持ち家の一軒家ばかりだし」

老婦人がうなずく。

翼は慎重《しんちょう》に質問をつづけた。

「では、おれたちがアパートに住んでた期間って、どれくらいだったんでしょうか。自分としては、なんていうか、それほど長く感じませんでしたが」

「期間？　そうねえ、一年もいなかったと思うけれど。でも短かったわりにはわたし、あなたのことよく覚えているのよねえ」

「それは、どうしてですか？」

翼が問う。

老婦人は答えた。

「だってあなたとお父さん、とっても仲が良かったから」

その返答に、翼は息を呑んだ。

老婦人は上品に含み笑いをして、

「あんなに子供の面倒をよくみるお父さん、滅多にいなかったもの。最近は男性も育児に参加するのが当たり前、なんてマスコミは言いますけどね。現実には休日だけ触れあわされて、子供をいやいや持てあましてる父親ばっかり。まあそりゃ無理もありませんけどねえ。ふだん残業残業で育児にかかわる暇もないのに、土日だけ家族サービスさせられたところで、お互いぎくしゃくするに決まってるわよね」

「……でも、おれと父は、そうじゃなかった？」

「ええ」

自信たっぷりに老婦人は首肯した。

「あんなにお父さん大好きな男の子も、息子大好きなお父さんも珍しいと思ったわ。それくらい、あなたたちは素敵な父子《おやこ》でしたよ」

「そう、ですか……」

翼は小声で呟いた。

彼の様子には気づかぬふうに、老婦人は背後を指さして、

「もしもっと昔のことを聞きたいなら、そこの公園に行ってみればいいわ。綺麗に手入れされた芝《しば》があってね、ペットを飼ってる人たちの社交場になっているの。わたしと同じくらいか、もっと上の人もいますよ。翼ちゃんだって名乗れば、きっとすぐ輪に入れるはず」

「あ、はい……」

彼は生返事をした。

また沈黙《ちんもく》に落ちかける翼の手を、モナミの尻尾が容赦《ようしゃ》なく打った。

「お礼！」

痛みに翼は飛びあがった。

「あ――あ、はい。どうもありがとうございました。あの、躑躅もありがとうございます。ほんと、ごちそうさまでした」

何度も振りかえって頭を下げながら、翼は老婦人の家の前を去った。

角を曲がる直前にいま一度振りかえる。老婦人は小路に立って、いつまでも彼に向かって手を振っていた。

「……モナミ、ありがとう」

二人きりになってから、翼はささやくように言った。

「おまえがいてくれて助かった。助け船を出してもらえなかったら、おれ絶対、ただの不審者になってるとこだった」

彼の腕の中で、モナミはしばし黙っていた。が、やがて決然と彼女は口をひらいた。

「ねえ翼、黙っちゃ駄目よ」

「え？」

「人と話してる間、あんまり長く黙っちゃ駄目」

いつにない、硬い声音だった。

「あんたが他人に『え？』って顔されるのが怖いのと同じく、向こうだってあんたにいきなり黙られたら不安になるのよ。よく知らない人と向き合って、怖気《おじけ》づいたり心細くなったりするのはあんただけじゃないの。頭の中で、いっぱいの言葉を選んでるのはわかるわよ。でもそれなら考えてる間、あーでもうーでもいいから声を出して間を持たせなさい。自分がされて怖いことは、相手にもしちゃいけない」

モナミはつづけた。

「目の前の誰かさんだって、〝ただの人間〟なのよ。あんたと中身は変わんないの」

なにか言おうと、翼は口をひらきかけた。だが思いなおして閉じた。

沈黙が流れた。

ひどく濃密《のうみつ》で、気まずい沈黙だった。だがモナミは声を発しなかった。翼からなにか言い出すのを待っていると、痛いほどわかった。

静寂《せいじゃく》に皮膚《ひふ》がひりつく。

「――き……」

喉から、絞り出すような声が洩《も》れた。あえぐように翼は言った。

「――嫌われたく、ないんだ」

「知ってるわ。もう聞いた」モナミが言う。

「違う。それだけじゃない」

翼は首を振った。

「だっておれ、父に……お父さんに、嫌われて、捨てられたから」

あの日、あのショッピングセンターに、お父さんを怒らせて捨てられたから。だから。

目の奥が熱くなり、慌てて翼は顔をそむけた。唇がわななく。頬の筋肉が強張って歪み、まぶたがかすかに痙攣《けいれん》する。

「……おれ、きっとあの日、お父さんになにか言ったんだ。言って、怒らせたんだ。それで、嫌われた。なにを言ったかは覚えてないけど……その場で捨てられてもしょうがないくらいのこと、言ったんだ」

翼は声を詰まらせた。

「だからおれ、あの日から、ずっと怖い。また不用意になにか言って、誰かを怒らせて、取りかえしのつかないことになるのが怖いんだよ」

——また捨てられるのが、嫌われるのが、怖くて仕方ないんだ——。

身を切られるような声で、翼はそう呻《うめ》いた。

頭上の青空はどこまでも澄みわたっていた。

春の風は甘く、かすかな蜜蜂の羽音をのせてそよいでいた。アスファルトには陽炎《かげろう》が立ち、紫丁香花《ライラック》の花群れが、あたり一帯に爽やかな匂いを振り撒《ま》いていた。

長い長い沈黙を破って、モナミが言った。

「公園へ行くのは、明日にしましょ」

静かな優しい声だった。

「翼、明日の日曜日もお休みなんでしょ？　だったら今日はもう帰って、家でゆっくりしましょうよ。……あたしも疲れちゃった。買ってもらった、新しい服だって着てみたいしね」

9

翌日の日曜日もすばらしい晴天だった。

天気予報では午後から曇りになるそうだが、降水確率は零パーセントだそうで、まさに絶好の散策日和と言えた。

「ごめんモナミ。昨日言ったとおり、例の公園まで付きあってくれるか」

起きて早々、翼は愛猫に向かって頭を下げた。

肚《はら》は決まっていた。だがモナミなしでは聞きこみどころか、知らない人と会話ひとつできそうにない。彼がそう正直に告げると、モナミは「いいわよ」とあっさり承諾《しょうだく》した。

「……とはいえ、どうしたらいいんだろうな」

公園の柵の前で、翼は躊躇《ちゅうちょ》していた。陽射しが暖かいせいか、モナミは今日も腕の中で、半目のまま眠そうだ。

なかなかに広い公園だった。入り口に『ボール遊び禁止、ローラースケート禁止、騒音禁止』の看板はあれど、ペットは不可ではないようで、芝の散歩コースを犬連れの男女がゆったりと歩いている。

さかりにはいちめんの薄紅《うすべに》だったであろう桜並木は、いまは青々とした葉桜になっている。芝生では飼い主ともただの猫好きともつかぬ人びとが、日向ぼっこ中の猫を撫でたり、かまいすぎて嫌がられたりしながら、ゆったりと輪をつくっている。

「おれ、あの中に入っていけるかな。どうしよう」

「どうしようもなにも」

足を踏みだしかねている飼い主に、モナミが呆れ声を出す。

「翼はただ、あたしを抱いて入って行きさえすればいいのよ。あとは向こうから話しかけてくるはず。あんたは礼儀正しくすることだけ心がけてなさい」

果たして、モナミの言は正しかった。

真っ先に寄ってきたのは太った初老の女だった。

「まあ、見たことない猫ちゃんねえ。あらあら、なんて綺麗な毛並みなの。おめめが閉じかけてまちゅねえ。眠いんでちゅかぁ」

と赤ちゃん言葉でしきりに話しかけてくる女の視線は、まっすぐモナミにだけ向いている。

どうやら抱いている飼い主は二の次三の次らしい。警戒心のかけらもない。

——この年代の人なら、きっとここらの古株だろうな。

そう見当をつけて、頃合いを見はからい、翼はおずおずと旧姓で名乗った。

女はまず目を見ひらき、大げさに手を打ちあわせた。それから背後の人たちに向かって、

「ちょっとちょっと、翼ちゃんだって。ほら、昨日寺岡《てらおか》さんが言ってた翼ちゃん。十年くらい前、そこのアパートにいた子よう」

と大声で呼ばわった。

「寺岡さん？」翼は呟いた。

「昨日の、躑躅のおばあさんでしょ」モナミが言う。

翼がモナミとささやきあう間にも、方々から野次馬《やじうま》めいた人が集まりはじめ、気づけば彼らは七、八人の男女に取り囲まれていた。ほとんどが犬ないしは猫を連れている。少数だが、うさぎやフェレットを抱えている人までいた。

「翼ちゃんて？」

「ほら、あの事故の」

「ああ、あの気の毒な子」

と、人波の中からひそやかな会話が聞こえてくる。

どうやらおれはこの近辺では、永遠に「突然父親を亡くした可哀想な子」らしいな、と翼は思った。だがかまわない。いまはそのほうが好都合だ。同情はきっと、人の口を軽くさせる。

さてなにから訊こうかと思案しかけたとき、さきほどの女が入り口に目を向け、高い声を張りあげるのが聞こえた。

「あ、鴇田《ときた》先生。ちょうどよかった、例の事件の翼ちゃんが来たってさ。ほら、先生の教え子のあれよ——」

「え？」

翼は顔をあげた。

——鴇田先生？

ここにいた当時の、おれの幼稚園の先生かなにかだろうか。

そう思ったそばから、いや違う、と翼は打ち消した。

おれは〝ここ〟にいる間は幼稚園に通っていなかったはずだ。おぼろげながらも思い出す。確かそうだ。ずっと休んで、どこにも通っていなかった——。

——じゃあいったい、誰の先生だ。

女の呼びかけに応えるように、七十代に見える老紳士が人波を割って進み出てきた。

遠近両用らしき眼鏡をかけ、石付きのループタイを首から下げている。利き手に犬のリードを握っている。毛づやのいいゴールデンレトリバーだ。

翼の頭の片隅で、これだ、ともう一人の自分が驚嘆《きょうたん》するのがわかった。躑躅のおばあさんが言ったのはこのことだ。もっと昔のことが聞きたいなら、この公園に——。あれは、この人に会えという意味だったんだ。

その証拠に、おれはこの人を知っている。思い出せないのに、知っていると感じる。

「翼くん……ほんとうに、あの翼くんか？」

翼の眼前に立った老紳士が、泣き笑いのように顔を歪めるのを翼は眺めた。

「なんとまあ、大きくなったなあ。いや、いきなりこう言われても困るか。わたしなんかのことは、きっと覚えちゃいまいな。……わたしは鵜田といって、きみのお父さんの元担任教師だよ。きみたち父子を、ここへ呼び寄せたのもわたしだ」

「呼び寄せ——え？」

戸惑《とまど》う翼に、

「きみたちが十年前住んでたアパートは、わたしが所有していた物件のひとつだ」

と鵜田は言った。

「あの家から離れて父子だけで住みなさいと、きみたちにいらないお節介《せっかい》をしたんだよ。それが、このわたしさ」

声に、苦い悔恨が滲んでいた。


十分後、さきほどの場所からすこし離れたベンチに、翼は鵜田と並んで腰かけていた。モナミは翼の腕に抱かれたままだが、ゴールデンレトリバーはベンチに繋がれた。見知らぬ猫が気になるらしく、吠《ほ》えついたりはしないものの鼻をしきりに動かしている。対するモナミはといえば、まるきりそ知らぬ顔だ。

鵜田は芝生の青さに目をすがめて、

「わたしのことなんか、覚えちゃいないよなあ」

と、先刻と同じ台詞を吐いた。

「……すみません、はっきりとは……」

頭を下げた翼に、鵜田は笑って、

「責めてるわけじゃない。それで当然だよ。なにしろきみは当時、まだ五歳だったんだ。アパートにたまに顔を見せた程度のじいさんなんか、普通忘れるさ」

その間の記憶が失われ、いまだ混乱していることを告げるべきか翼は迷った。迷った末に、やめた。自分のことより、いまはこの老紳士から父について聞きだすべきだ。

翼はゆっくりと口をひらいた。

「あのう、父のこと……教えてもらっていいですか」

「ああ」

鴇田はうなずいた。

「どこから話せばいいかな。——ああそうだ。そもそもは、きみのお祖父さんとわたしが知りあいなんだ。わたしたちは中学校の教師だった。と言ってもあちらさんは校長先生まで務めた立派な方で、わたしは教頭止まりだったがね」

「教師……。さっき、元担任教師って言いましたよね。じゃああなたは父の、中学時代の担任ってことですか？」

「そうだ。もう三十年近くも前の話になる」

鴇田は遠い目をした。

「きみのお父さんは優秀な生徒だった。さすがは宮本先生の息子さんだ、と評判だったよ。だがお祖父さんは滅多に——いや、知っている限り、一度もお父さんを誉めなかった。テストが満点だろうと、成績表がオールAだろうと、声ひとつ彼にかけてはやらなかった」

「祖父は、父が嫌いだったんですか？」

翼が問う。鴇田は眉《び》宇《う》を曇らせて、

「お祖父さんは厳格で、理想主義者で、すばらしい教師だった。だが親としては――失礼ながら、あまりよろしくなかったな。こうあるべき、こうするべき、と固定観念《こていかんねん》にとらわれる向きが強かった」

と言った。

「きみのお祖父さんもお祖母さんも、非常にいい家柄のお生まれでね。だからこそ、あんなに跡取りだ長男だとこだわったんだろうなあ。本人たちは本気で、正しい教育法だと信じていたようだったよ。しかし傍《はた》から見れば、ひどく歪んだ躾《しつけ》だった。無作法を承知で言うが、いまで言う〝毒親《どくおや》〟ってやつだな」

鴇田は吐息をついた。

「すまない。気を悪くしたかな」

「いえ」翼は首を振った。

「いいんです。説明してもらえたおかげで、やっと納得できました。だから父は、なんていうか――」

すこし口ごもり、

「精神的に、不安定だったんですね」と言った。

鴇田がうなずく。

「そうだ。きみのお父さんはいびつな家庭の犠牲者《ぎせいしゃ》だった。だが渦中《かちゅう》にいる当人は、自分の置かれた環境の歪みに気づかないものなんだよ。生まれてからずっとその環境しか知らないから、それを当然だと思ってしまう。『茹《ゆ》で蛙《がえる》の法則』を知っているかい？」

「はい」

翼は答えた。

「熱湯に浸けた蛙はすぐ跳《は》ねて逃げるのに対し、ぬるま湯に浸けて徐々に沸《わ》かされていった蛙は、温度上昇に気づかずいつしか茹だって死んでしまう――ってやつですよね」

いったん言葉を切り、静かに翼は言った。

「父が、それだったんですね」

「そうだ。家庭の中ですこしずつ親の毒に汚染され、彼は静かに病んでいった。熱湯に首まで浸かっているというのに、平気なふりをしていた。この環境は正常だと己に言い聞かせつづけ、無意識に自分自身をだましていたんだ。だからわたしは――彼を、家の外に出す手伝いがしたかった」

「それで父に、アパートを紹介してくれたんですか」

「当時、ちょうど不動産の物件をいくつか相続したものでね。そのうちのひとつがあのアパートだったんだ。あの事故以来、経営するのが嫌になって人手に渡してしまったがね。いまは月極《つきぎめ》の駐車場になっているようだ」

鴇田は声を落とした。

翼は考えてから、低く言った。

「……おれ、祖父については全然覚えてないんです。祖母のことなら多少なりと覚えてるんですけど、祖父のことはまったく」

いやそれどころか、いまのいままで存在すら思い出せませんでした――。

そう言おうとして、やはりやめた。いまは鴇田を、父の話から脱線させたくなかった。翼は言葉を継いだ。

「鴇田先生は祖父から、父を引き離してくれようとしたんですよね」

「そうだ。しかし、結果は成功には程遠かった。すまない」

鴇田は唇を嚙《か》み、白髪頭をさげた。

「きみにいつか会えたら、謝りたいとずっと思っていた。きみのお父さんを、あの家から引きずり出したのはわたしだ。そうして彼は亡くなった。警察はあれを事故と断定したが、本当のところはわからない。だが真実がどうあれ、わたしには確かに責任の一端があるはずだ。すまない。短絡的《たんらくてき》な行動で、結果的に幼いきみから父親を奪《うば》ってしまった」

翼は無言で、鴇田を見かえした。

いいんです、とは言えなかった。顔をあげてください、許します、とも言えなかった。ただ口をひらき、低く問うた。

「——父は、どんな人でしたか」

しばしの間、鴇田は答えなかった。時間をかけて質問を咀嚼してから、彼は答えた。

「すこし気が弱いが、穏やかないい青年だったよ」

——穏やか、か。

でもあの日は違った、と翼は内心で呟いた。

おれを捨てたあの日、父は激昂《げっこう》していた。目を吊りあげ、歯を剝《む》きだして怒鳴ったあの顔をいまも覚えている。

父は端整な顔立ちをしていた。白皙《はくせき》と形容してもいいほどに、文学青年じみた繊細な容貌《ようぼう》だった。それだけに、怒り狂った形相《ぎょうそう》は別人のごとく恐ろしかった。

——気弱で穏やかだったという父を、おれはどうやってあれほど激怒させたのだろうか。

考えこむ翼に、鴇田が反対に尋ねかえしてきた。

「お母さんについて、どれくらい知ってるね？」

「え、ああ……父から、すこし聞いた程度です。でも——そう、祖母の前では、父は母の話は絶対にしてくれませんでした。話題を避けていた、というか」

受け答えしながら、翼は記憶を覆っていた殻のような鱗《うろこ》が、一枚一枚剝《は》がれ落ちていくのを感じた。

そうだ、祖母は母を嫌っていた。はっきりと口に出したわけではなかったが、言動の端々《はしばし》にそれがうかがえた。祖母はいい家柄の生まれだったという。母はきっと、そんな彼女の御眼鏡にかなわなかったのではないか。

ゆるく頭を振って、彼は言った。

「アパートのあの部屋で、父は言っていました。母のおかげで人生の数年だけでも幸せになれた、って。『おれをひとりの人間として見て、扱ってくれたのはおまえのお母さんだけだった』とも言ってました。『彼女が遺してくれたのはおまえだけなのに、ごめんな、ごめんな』って、何度もおれに向かって謝って……」

歪んだ躾を受けていたという父。

名家の跡取りたらんと強要され、厳格な祖父に抑圧されつづけてきた父には、きっと母の存在が唯一の癒しだったのだろう。そう、まさにいまこの膝で微睡《まどろ》んでいる、おれにとってのモナミのような。

理解できる。想像もできる。でも。

——でも、肝心《かんじん》の部分が思い出せない。

「父はあの夜、車でどこへ向かっていたんでしょう」

翼は独り言のように呟いた。

鴇田が答える。「どこって、きみを迎えに行ったんだよ」

「おれを？」

思わず訊きかえした翼に、鴇田は言った。

「ああ、ちいさかったから覚えていないかな。あの日きみはどこかの店で迷子になってね、警察に保護されていたんだ。お父さんは車できみを迎えに行く途中、スピードの出し過ぎでカーブを曲がり切れずに転落したんだよ。残念ながら、お父さんもお祖父さんも即死だった」

「祖父も、いっしょに……知らなかった」

翼は呻いた。

施設の職員は、父についてしか話してくれなかった。不幸な事故で翼くんのお父さんは亡くなったのよ、と彼女は言った。同乗者についてはなにひとつ説明してくれなかった。

父はおれを捨て、また迎えに行ったのか。

時間を置いたことで、正気に戻って後悔したんだろうか。

いやそれとも、祖父が迎えに行かせたのかもしれない。父がおれを置き去りにしたと知って、馬鹿な真似はするなと叱責して。

なぜっておれは、祖父にとってはただ一人の孫だった。跡取り絶対の家だったというなら、きっと祖父は父の所業を叱っただろう。

でもやはり、わからない。

――おれはあの日、父になにをしたんだ。

そこが思い出せない。その言動がすべての鍵だろうに、びっしりと硬い鱗状の殻《から》はいまだに記憶の芯を守って覆《おお》ったままだ。核の部分が見えてこない。

「まだなにか訊きたいことはあるかい？」

優しい声で鴇田が問うた。

あります、と翼は内心でうなずいた。父はなぜおれを捨てたんでしょう。父をあれほど怒らせ、疎まれるような真似を、幼いおれはあの日やらかしてしまったんでしょうか。だとしたら、それはいったいどんなことだったんでしょう。

だがそう尋ねる代わりに、翼は小声で訊いた。

「――父は、最後まで、おれを愛していたと思いますか」

鴇田はためらいなく答えた。

「もちろん」

10

教室の日焼けしたカーテンが風でふくらむのを、翼はぼんやりと眺めていた。

二年生か三年生が音楽の授業中なのだろう、開けはなした窓の向こうから、リズムの狂ったトロンボーンが聞こえてくる。なんの曲かはわからない。翼はクラシックにはまるで明るくない。

「えー、このペルシア戦争のあたりは物語として面白いので、関連する本や映画を観ておくと、より理解が深まって楽しめるだろうな。きみたちの年代だと五十年代や六十年代製作の映画は退屈だろうから、そうだな、まずは二〇〇七年の『スリーハンドレッド』あたりから……」

教師の声を聞き流しながら、翼は手の中でシャープペンシルを回した。

親指を支点に、中指で弾いて回す。単純な動作なので、考えごとの最中はつい無意識に繰りかえしてしまう。

——毒親、か。

もともとはスーザン・フォワードの著作『毒になる親—一生苦しむ子供—』から広まった

言葉だという。

過度に支配的だったり、無責任だったり、暴力的だったりの問題ある親たちの総称ともなっている。そうして毒親に苦しめられながら育った子供は、長じても影響下から抜けきれずに苦しむのが常なのだそうだ。

――父は祖父母から、一貫しない躾を受けたのかもしれない。

そう思った。祖父にやられたことを、父は無意識におれにやりかえしていたのかもしれない、と。

記憶の中の父の姿は、笑顔と罵声《ばせい》と憤怒の形相とが混在している。

宝物のように可愛がってくれた父。かと思えば石ころのごとく無視してきた父。ひとつの布団で並んで寝てくれた父。笑いながら罵倒してきた父。「おまえなんかいらん」と、つばを飛ばして怒鳴りつけた父――。

いったいどれが父の本心だったのだろう。

終業のチャイムが鳴った。

「テストに出すから復習しておけ」と言い置いて、教師が重ねた資料を小脇に教室を出ていく。机や椅子を動かす音とともに、さざ波めいた喧騒《けんそう》が徐々に周囲を満たしはじめる。

翼は世界史の教科書をバッグにしまうついでに、スマートフォンを取り出した。フォルダから、画像を選択してひらく。

スフィンクスのような姿勢で、斜め四十五度からカメラに目を向けているモナミの画像だった。残念ながらいつも見えている少女の姿ではなく、どこからどう見ても猫だ。とはいえこれはこれで癒される。光を弾くグリーンの瞳は、外国製の飴玉《あめだま》のように艶やかだ。

「――へえ、それって赤草ん家の猫？」

突如《とつじょ》、頭上から声が降ってきた。

思わず首をもたげて見る。制服にキャメルのベストを着た男子生徒が、腕組みしてスマートフォンを覗きこんでいた。

確か織田《おだ》という名のクラスメイトだ。

数秒声を失った翼に、彼は「あ、まずったかな」という顔をして、

「アカクサじゃなかったっけ？　あれ、おれいまなんて言った？　アサクサ？　えーと……」

「あっ、いや、さっきので合ってる。い、色の赤に草で、濁《にご》らないアカクサ」

慌てて翼は答えた。

織田があからさまにほっとする。

「だよな。めずらしい苗字《みょうじ》だと思って覚えてたんだ。おれんとこも猫飼ってるもんだから、

つい勝手に見ちゃってごめんな」

「い、いいんだ、そんな」

翼は手を振った。だが、それきり声が詰まる。言葉はいくつも頭に浮かぶのに、選択に迷って、どれも唇からこぼれ出てくれない。

その瞬間、脳内でモナミの叱咤《しった》が響いた。

——翼、あんまり長く黙っちゃ駄目。

——向こうだってあんたにいきなり黙られたら不安になるのよ。よく知らない人と向き合って、怖気づいたり心細くなったりするのはあんただけじゃないの。

「あ、……えーっと、その」

意味のない発声で時間を稼ぎ、慎重に翼は言った。

「いいんだ。ただ、驚いただけ。べつに、見てくれてかまわないから」

「そっか」

織田が微笑した。翼の耳の奥で、またもモナミの台詞がよみがえる。

——目の前の誰かさんだって、ただの人間なのよ。あんたと中身は変わんないの。

そうだな、モナミ。おまえの言うとおりだ。そう胸中で呟く翼に、さっきより距離を詰めてきた織田が、画像を再度覗きこんで言う。

「赤草ん家の猫、すげえ高そうな子だなぁ。これって血統書付き？　だよな。うちの雑種とは顔立ちからして違ってるし」

「あ、いや、それほどじゃないんだ。珍しい猫ではあるらしいけど」

「へえ。外国の猫とか？」

「うーん……まあ、そんなようなもん」

織田はお返しのように、ポケットから出したスマートフォンをフリックして、「これ、うちの猫」と翼の前へ差しだした。

そこには、なんとも愛らしい三毛猫が写っていた。いかにも日本猫といった柔和な目鼻立ちで、ふくよかな体型をしている。冬には炬燵《こたつ》と蜜柑《みかん》が似合いそうな風情《ふぜい》である。

「可愛いな」

ごく自然な感嘆が洩れた。織田は笑って、

「サンキュ。可愛いんだけど、維持費が馬鹿にならなくてさあ。おれ、毎月の餌代だけでもひーひー言わされてるもん。ちゃんとしたキャットフードって意外と高いじゃんか。かといって、変なもん食わせるわけにいかないし」

翼の頭の隅で、ちかっと点滅《てんめつ》するものがあった。ろくに考える間もなく、翼はそれをそのまま口にした。

「あの、缶詰でいいなら、うちに余ってるのが」

織田が目を丸くするのがわかった。翼の声が、途端に尻すぼみになる。

「あるんだ、けど――よ、よかったら、いる？」

なんとか最後まで言い切って、翼はモナミの画像の背後を指した。

そこには養父母が買ってきてくれたキャットフードの缶詰がうずたかく積まれて写っていた。気持ちはありがたいのだが、モナミはこの手のものは食べない。

織田が戸惑ったように言う。

「え、いいのか？　でもこれけっこうお高いやつじゃん」

いかにも不審げな声音だ。

「あ、えっと」翼は言いよどんだ。

瞬時に脳内のモナミが、「ほら、あたしの口に合わなかったって言いなさい！」と、架空《かくう》の尻尾で彼の心臓をぴしりと打つ。その勢いに押され、翼は一息に言った。

「あの、うちのが、あんまり喜んで食べなくてさ」

「へえ、そっか。さすが舌が肥《こ》えてんだなあ」

しきりにうなずきながら感心した織田は、つと窓際を振りかえると、

「おーい、石橋《いしばし》！」

と声を張りあげた。翼は驚いて固まった。呼ばれた石橋という男子生徒が、顔をあげて小走りに寄って来る。

「なんだよ織田。なんかあったか？」

「うん。赤草が……」

と言いかけてから、織田は翼を振りむいて、

「あのさ、石橋ん家も猫飼ってんだよ。おれだけ独り占めじゃ申しわけないから、こいつとそのキャットフード、半々にしてもいい？」

「あ……あ、うん。もちろん」

翼はぎこちなく首肯した。

展開が急すぎて、脳がついていかない。なんだかこの数分間で、クラスメイトとの一年ぶんの会話をこなした気分だ。

「キャットフード？　なに、赤草ん家って店やってんの？」

と肘まで制服のシャツをまくった大柄な石橋が肩を揺する。そういえば彼は、何かのスポーツ特待生だったはずだ。くわしくは知らないが、女子に騒がれているのを何度か見かけた記憶がある。

「いや、おれも飼ってるんだ。まとめ買いしたはいいけど、うちの子に合わない缶詰が二十

缶くらいあって、処分《しょぶん》に困ってた」

話す内容がすでに決まっていたので、今度はすらすら出てくれた。

織田が翼のスマートフォンを石橋に向かって指し、

「なあ見ろよ。これ赤草んとこの子なんだってさ。すっげえ美形じゃね？」

「うわほんとだ。赤草、この子メス？」

「うん。女の子」

「貴族のお姫さまみたいな顔してんなー。あ、うちの子はこれ。オス三歳のまりも。命名は子猫んとき、丸まった姿がまりもそっくりだったから」

「うちの子はメス二歳二箇月のトリコ。トリコロールのトリコな。三毛で三色だから」

「三毛猫ってメスしかいないんだっけ」

「うん。ほんのちょっとオスもいるけど、たいがいメスだな」

はからずも地味に盛り上がり、画像での『うちの子自慢大会』になってしまった。

「お宅のお子さんほんと可愛い」、「いやいや、そちらのお子さんこそ」などと主婦のように言い合っているうち、ふと石橋が言った。

「――なんか、意外と赤草って話しやすいんだな」

一瞬翼は絶句しかけた。しかし黙っちゃ駄目だ、と気を取り直して、

「あー……それって、どういう意味？」

とおそるおそる訊く。石橋が苦笑した。

「だってずっと、〝孤高《ここう》の人〟ってイメージあったからさ」

「そうそう。赤草って入学しょっぱなの模試、すげえ上位だったらしいじゃん。それだけでもビビるのに、挨拶くらいしか口きいてくれないからさ。おれたちみたいな低レベルは相手したくねーって思ってんのかなって、正直萎縮《いしゅく》してた」

と織田も賛同する。

翼は腰を浮かして、

「低レベ――って、そんな。そんなわけないだろ」と声をあげた。

「そんなんじゃない。ただおれ、人見知りするっていうか……自分から輪に入っていくの、気《き》後《おく》れしちゃうんだよ。それだけだ」

語尾が力なく消え入る。

「……萎縮してたビビリは、おれのほうだよ」

その日の放課後、織田と石橋は翼の家に寄って、キャットフードの缶詰をすべて引き取っていった。

翼は「無料でいい」と言ったのだが「そういうわけにいかない」と二人は言い張り、結果、定価の半額を支払うということで双方が納得した。

なお二人からもらった代金は、近所で名高いケーキ屋のザッハトルテとフルーツタルトに化け、養母とモナミの胃袋へと還元《かんげん》された。

翼のスマートフォンのアドレス帳には、二件の番号ならびにメアドとＩＤが追加されることとなった。実家と学校、養父母の携帯と図書館の番号に次ぐ、六件目、七件目のアドレスであった。

11

「最近いろいろいい方向に行ってるから、と期待してたけど……やっぱ、そううまくはいかないよなあ」

体温計を腋下から引き抜いて、翼は落胆《らくたん》で肩を落とした。

表示されている数字は三七度六分。頃は、火曜日の夜八時だ。いつもより発熱が早い。しかもいつもより、やや高めときている。

「今日は早く寝ちゃえば」

クッションを抱え、寝そべったモナミが言う。翼は素直にうなずいた。

「そうだな。ちょっと頭痛もするし」

「本読むのもやめときなさい。こういうときは横になって目を温めるのがいいって、篠井さんが言ってた」

「うん、そうするよ」

図書館から借りたバーニス・ルーベンスの『顔のない娘』は、あと三十ページほどで読み終わる。今日中にラストシーンが読めないのは残念だが、明日に楽しみが残ったと思っておこう。

養母に頼んで、入浴の順番を早くしてもらった。風呂からあがって髪を乾かし、すぐにベッドへ横たわる。

すかさず頭のそばでモナミが丸くなった。どうやら今日は、いつもの馬乗り指圧は勘弁《かんべん》してくれるらしい。

モナミの尻尾がひどく緩慢《かんまん》に、大きく左右に揺れている。

犬は嬉しいとき尾をちぎれんばかりに振る。だが猫が激しく尻尾を振るのは、反対に不機嫌なときだ。嬉しいときには針金を通したようにぴんと立つ。そして、こうしてゆっくり大きく振る仕草は、なにやら考えごとをしているときだ。

「……モナミ？」

なにを考えてる？　と翼は布団から手を出し、彼女を撫でようとした。しかしモナミは掌で、優しく翼の手を押し戻した。

「じっとして」

耳もとでささやかれた。

心地いいアルトの声だ。甘い声音だった。安心できる。眠くなる。

翼はまぶたをおろした。さざ波のように優しい睡魔が押し寄せて来るのがわかった。

熱っぽい体が、休息を求めている。とろとろと浅い眠りに落ちていく。

「……眠い」

「寝ればいいじゃない」

「うん、眠い……でも、寝たくない」

「なにそれ」

モナミが笑う。低いくすくす笑いが耳に心地良い。

「いや、だってさ……あとすこし、すこしなんだ……」

ぼやけた声で翼は言った。

「あとちょっとで、思い出せそうなんだよ……こうして寝入る寸前なんかは、とくに……。

だから、眠っちゃ駄目なんだろうけど……眠い……」

「思い出したいの？」

モナミが問う。

わからない、と翼は答えた。

わからない。思い出すのが怖い。反面、思い出さなくては、とも思う。怯《おび》えと義務感が、綱引きのように脳内でせめぎ合っている。

——怖い。

怖い、という言葉が、まさしく怖い記憶を呼び覚ます。

あれは彼がまだ、小学校へ通う前だった。

大人たちが居間に集まっていた。鴨居《かもい》と障子戸。実家だ。幼い翼はテーブルの一番端に座っていた。

テーブルにはポットがあった。

祖母のカップが空になったのを見て、翼は「ぼくがやる」と言った。なんでも自分でやってみたがる時期だった。ポットの天辺《てっぺん》を押せば、お湯が出るという仕組みだけはわかっていた。

しかし翼は、ポットの下に置いたカップに手を添えて支えることをしなかった。カップは倒れ、勢いよく出た熱湯は彼の手の甲にかかった。

熱い、とは感じなかった。瞬間的には、むしろ冷たいと感じた。痛みはあとからやって来た。焼け付くような痛みだった。

祖母が叫んだ。真っ先に心配して駆け寄ってきたのは父だった。

いや違う。父は笑っていた。彼を指さし、なにやってんだ、のろまで馬鹿なガキだと哄笑《こうしょう》していた。

どちらが本当だろう。心配して駆け寄ってきた父と、嘲笑《あざわら》った父と。どちらが父の、真実の姿なのだろう。

火傷《やけど》の痛みが皮膚上で脈打ちはじめた。翼は声をあげて泣いた。冷やさなくちゃ、と父が言う。父は幼い彼を抱えあげて走り、水道の蛇口に手を突き出させる。

十五歳のいま、その痕《あと》は残っていない。父の手当てが迅速《じんそく》だったからか、そもそもそれほどの火傷ではなかったからか。おそらく後者だろう。

——お父さん、好きだった？

モナミが言う。

うん、好きだったよ。優しいから。おれをいつも、可愛がってくれたから。

でもそれは、記憶の中の父とは相反する姿だ。

子供なんて汚いだけだ、と父が笑う。結婚は馬鹿のすることだ、と彼は言う。端整な顔を歪めて、あたりを睥睨《へいげい》するさまは高慢そのものだ。

翼は思う。ならなぜ俺を産ませた？　なぜ母と結婚した？　あんたはいったい、なにがしたかったんだ？　母のおかげで人生の数年だけでも幸せになれたと言った、あの言葉はでまかせか？

あのアパートで、父と祖母といつも川の字で寝た――いやこれも違う、あれは一度きりのことだ。

祖母はたまにしかアパートに来なかった。いつもは父と二人きりだった。祖母はあの部屋に通って来ていたのだ、祖父のいる実家から。

痛い。手が痛い。熱湯で火傷をした光景に、記憶はふたたび立ち戻る。

視界いっぱいにある父の顔。その向こうに祖母の顔。その向こうに――ああそうか。あれが祖父か。上座に腰を据えて動かない、険しい顔つきの老人。あれがおれの祖父か。

祖母の視線は動かない。だが祖父の視線はたまに揺れる。

ひどく雄弁《ゆうべん》に、時おり左右に動く。口ではなにも言わないのに、名を呼ぶことはないのに、ただその日だけが――。

「――み……」

翼はまぶたをひらいた。

「水……」

しわがれた声が洩れた。

緩慢に上体を起こす。体がひどく重い。

「喉、渇いた。下に行って、水……」

飲んでくる。そうモナミに言い残し、翼はベッドから下りた。

まだ半分夢の中にいるかのようだ。現実感がない。足取りがおぼつかず、ふらつく。

壁に手を突きながら、階段を下った。

洗面所へ向かう。水が飲みたい。顔を洗いたい。

脳内でモナミの声がこだまする。

――確かにさっきのあの場面だけ切り取ったら、石を投げたおばさんが悪人に見えるわよね。

――あの場面だけ、切り取ったら。

そうだ、きっとおれはなにかを見落としている。おれの海馬《かいば》は、都合のいいところだけを切り取って保管している。見ているようでいて、見えていないものがある。

洗面所のスイッチを探った。

蛍光灯が点《とも》り、正面に洗面台の鏡があった。

途端、翼は悲鳴をあげた。

鏡に〝父〟が映っていた。

違う。十五歳になったおれと、父だ。廊下にくずおれながら翼は思った。記憶の中の姿とは異なるおれ、そして記憶とは異なる父。この人じゃない。そう、この人は実父ではなく養父だ。おれの、三人目の——。

「どうした、翼」

背後から肩を摑《つか》まれた。

骨ばった、がっしりした手だ。パジャマ代わりのTシャツ越しに、掌の体温を感じる。安心できる。温かい。

「具合が悪いのか、翼。翼！」

翼は何度も瞬いた。

ゆっくりと理性が戻ってくる。動悸が徐々に鎮まるのがわかる。

目の前に、養父の赤草和朗が——〝三人目〟がいた。

「あ、いや、ううん……」

寝ぼけただけだ、ごめん、と言って翼はその場をごまかした。まだ心配する養父をかわし、廊下へ出る。一心に階段を駆けのぼる。自室の扉を開けはなつ。

息を切らし、翼は告げた。

「――思い出した、モナミ」

「え？」モナミが目を丸くして、彼を見かえしてくる。

翼は叫んだ。

「あれは父で、父じゃない。……そうだったんだ。やっとわかった」

喉仏《のどぼとけ》をごくりと上下させ、彼は言った。

「――あの頃、おれの父は二人いたんだよ」

12

目の前に、噴水があった。

翼はモナミを連れ、バスで三十分の大型ショッピングセンターを訪れていた。だだっ広い一階フロアには、中央の柱をぐるりと取り囲むかたちで大理石の水路と噴水が設置されている。

水路の突きあたりの低い壁では、獅子《しし》の彫刻が口から水を吐いていた。獅子の頭上には

『サモトラケのニケ』のレプリカ像が、背の羽根を広げて立っている。

翼はニケ像のすぐ脇のベンチに腰かけていた。寒がりのモナミは翼のカーディガンにもぐりこみ、胸もとから顔だけを突き出している。

二人はベンチに座り、もう三十分近くも、通り過ぎる人波を眺めつづけていた。

自動販売機で買ったレモネードの紙コップを片手に、翼が小声で言う。

「――おれって〝誘拐〟されて、五歳半から六歳まであのアパートにいたんだってさ。おかしな話だよなあ」

独り言めいた呟きは、喧騒にまぎれて誰の耳にも届かない。不審そうな顔をされることもない。聞いているのはただ、モナミだけだ。

「誘拐って言っても、祖父も、祖母も、父も、鴇田先生もおれたちがあそこにいることを知ってたんだけどな。それぞれ思惑は違っても、みんな知ってて黙認《もくにん》してたんだ。ほんと……おかしな話だよ」

翼は紙コップを掲げ、「飲むか？」とモナミに訊いた。

うなずくモナミの口にカップを近づけてやる。器用に両手で支えて、モナミはレモネードをひとくち飲んだ。

「でも〝誘拐した〟お父さんと、〝誘拐されたのを知ってた〟ほうのお父さんは違う人なんでしょ？　ややこしいから別の呼び方にしてよ」

モナミが言う。

「そうだな」

翼は苦笑してうなずいた。確かにややこしい。だがそもそものはじまりからして、これはややこしい話だったのだ。

「おれを〝誘拐〟して、あのアパートにいっしょに住んでた男は、戸籍では叔父だった。でもこの人はおれの生物学上の父親だから、以降は『父』って呼ぶよ。そして実家に住んで、おれの火傷を嘲笑った男——こっちはおれの戸籍上の父親だけど、『父』の兄貴だから、『伯父』と呼ぶことにする」

「二人は兄弟だったのね？」

「ああ。しかも年子でよく似てた。背丈も同じくらいだった。本来の体つきは父のほうががっしりしてたらしいけど、長い入院生活のせいで痩《や》せちゃったんだってさ」

翼はレモネードを啜《すす》った。

長いエスカレータを、手をつないだ親子連れが上《のぼ》っていく。DCブランドの紙袋をいくつも提《さ》げた女が早足で歩き過ぎる。

ベビーカーを押す母親がいる。テナントのファミレスに入っていく中学生らしきカップルがいる。顔が映りそうなほど磨きあげられた床には、天井の吹き抜け窓から燦々《さんさん》と降りそそぐ陽射しが、まぶしい光の模様を描いている。

あれから翼は養父母にかけあって、施設と役所の伝手《つて》をたどり、老人ホームに入居中だった母方の祖母に会わせてもらった。

「翼ちゃん？　ほんとに翼ちゃんなの。ああ、こんなに大きくなって。お父さんそっくりだわ、翼ちゃんなのね……」

祖母は泣きながら、父たちが事故死したと知って心配していた、老人ホームにいる身なので、引きとれなくて済まなかった——と詫《わ》びた。

つづいて彼は父方祖母の妹にも会った。

こちらの大叔母は、冷ややかとまでは言わずともひたすらに困惑《こんわく》していた。今後はいっさい迷惑をかけないという約束で、ようやく彼女は重い口をひらいてくれた。

祖母と大叔母が語ってくれた話。そしてよみがえった翼の記憶と、図書館で閲覧《えつらん》した当時の新聞記事を繋ぎ合わせて、ようやく真相が判明した。

鴇田が「教師としてはすばらしかった」と形容した祖父は、家庭ではワンマンな亭主関白で、長男絶対主義の旧弊《きゅうへい》な老人だった。祖母は夫の言いなりの、おとなしいだけの女だった。

長男の伯父は、その両親に猫可愛がりされて育った。

中国では一人っ子政策の結果甘やかされた男児を『小皇帝』と呼びならわすそうだが、伯父はまさしく家庭内の小皇帝であり、暴君《ぼうくん》だった。

だが幸か不幸か、伯父は一人っ子ではなかった。

彼には弟がいた。伯父の出産からわずか十五箇月後に産まれた弟——それが、翼の父であった。

「鴇田先生も言ってたとおり、祖父は『跡取りだ、長男だ』とこだわる人だった。祖父は伯父ばかりを可愛がり、父のことはほとんど無視した。祖母はいっさいそれに逆らわなかった。これぞまさに、〝歪んだ躾〟ってやつだよな」

翼はため息をついた。

鴇田からその話を聞いたとき、記憶の不確かな彼は誤解してしまった。てっきり父は長男であり、跡取り云々とうるさい厳格な祖父に抑えつけられて育ったのだろうと思いこんだ。

だがそうではなかったのだ。

「伯父はどうしようもない人だったらしいよ。親に甘やかされすぎたせいだろうな。県内最低レベルの高校を中退して、あとはずっとニートだったってさ。対する父は奨学金で大学へ行って、在学中に母と出会って結婚した。結婚後は母の実家近くに住んで、両親とはろくに連絡もとってなかったらしい。疎遠《そえん》にすると決めたなら、そのままでいりゃあよかったのに

──」

「のに？」

モナミが問う。

苦しげに翼は言った。

「……母がおれを産んでから、父の心境は一変したらしいんだ」

翼が生まれてすぐ父は、己の妻と義母──老人ホームにいた母方祖母──に、土下座をして頼んだのだという。

孫ができたことを両親に知らせたい。おれのことは愛してくれなかった両親だが、きっと初孫は可愛がってくれるだろう。親の勝手で、この子から祖父母を取り上げる真似まではしたくない、と。

「まあ、綺麗ごとだよな」

翼は苦く笑った。

「こう言っちゃなんだけど、父はおれにかこつけてただけだと思うんだ。毒親関係の本を何冊か読んでみたよ。親に愛されなかった子供は『自分が頑張っていさえすれば、きっとお父さんお母さんはいつか愛してくれる、振りむいてくれる』って思って、無駄に尽くしつづけちゃう傾向があるらしい。……おれの父も、たぶんそれだったんじゃないかな」

翼の母は最初のうち、父の頼みをはねつけた。

あなたがなにをしようとご両親は変わらない、ときっぱり断言したそうだ。しかし父は諦めず懇願《こんがん》しつづけ、しまいに母も根負けした。

生後五箇月になっていた翼を、父は意気揚々《いきようよう》と実家へ連れ帰った。「孫を見れば、いかな父だって態度を変えるはず」と、自信に満ちていたという。

それは半分正しく、半分間違っていた。だが結果としては完全な誤《あやま》りだった。

「タイミングも、悪かったんだ」

翼は言った。

「伯父は何度目かの見合いがやっとまとまりかけてたらしい。無職だけど、家柄はいいし資産はあるしで、それなりに好物件だったんだろうな。でも、入籍前のブライダルチェックでひっかかった」

「ブライダルチェックってなに？」

「お互い子供ができる健康体かどうか、あらかじめ医者に診てもらうんだ。残念ながら、伯父はそこでハネられた。――無精子症《むせいししょう》だったんだ」

当然のごとく縁談は壊れた。

祖父は絶望した。長男が無精子症では、血が絶えてしまう。代々つづいた由緒《ゆいしょ》あるこの家も、わが子の代でおしまいか、と。

そんなことは露《つゆ》知らぬ父は、生まれたばかりの翼を抱いて無邪気に実家を訪れた。祖父は狂喜《きょうき》した。下へも置かぬ扱いで、父と翼を歓待《かんたい》した。

その待遇に、同じほど父も喜び浮かれた。ようやく兄より自分を見てもらえた、認められたと舞い上がった。悲しいすれ違いであった。

「父のこと、馬鹿だと思うか？」

翼は尋ねた。

モナミが答えるのを待たず、つづける。

「馬鹿だよな。……でもおれは、父のことを笑えない。軽蔑《けいべつ》もできない。父の気持ちがわかるんだ。親に愛されたくて、どうしようもなくあがく気持ちって、たぶん、世代や時代に関係なく、みんな同じなんだと思う」

父方の大叔母によれば、祖父は皆の前で「おまえは無精子症だ」と伯父に真実を告げたそうだ。けして気持ちのいい場面ではなかったと彼女は言った。

しかし当の伯父は、

「ちょうどよかった。じゃあ、弟のガキを養子にもらえばいいじゃんか」

と涼しい顔でうそぶいたという。

「どうせおれは結婚なんかしたくなかったんだ。親父とおふくろがうるさいから、仕方なく見合いしただけだしさ。女なんて若い頃はよくても、どうせ劣化《れっか》してババアになっていくだけじゃんか。専属のを飼うより、その都度若いのを外注するほうが安上がりだし、遺産も分けずに済むから好都合だろ」

——と。

祖父はその台詞を咎《とが》めもしなかったそうだ。それどころか、

「兄の子だろうが弟の子だろうが、孫に変わりはない。わが家の血が絶えないなら、それでいい」

と提案に賛同し、悪びれることなく父に対して翼の養子縁組の話を持ちかけた。

むろん母は猛反対した。しかし父は、

「そのほうが、この子だって裕福な暮らしができるんだぞ。なにも今生《こんじょう》の別れってわけじゃない。会いたければいつでも会える。ただこの子の権利を、より大きなものへすげ替えるだけじゃないか」

と勝手に承諾してしまったという。

翼はうつむいた。

「……父はさ、親の言いなりになることで、親の愛を得ようとしてたんだろうな。忠実でさ

えあれば、きっといつか親が自分を認めて、誉めて、愛してくれるんだと信じてた。『おまえはいい子だ。兄貴なんかよりよっぽど役に立つ子だ』って、両親が悔い改めてくれるのを待ってたんだ」

「でも、そうはならなかったのね？」

モナミが言う。

翼は首肯した。「そうだ」

声が、わずかにひび割れた。

「そうだ――そんな日は、来なかった」

祖父は特別養子縁組をする直前まで、「翼には定期的に会わせてやる」と父に確約していたという。しかしその約束は、いとも簡単に反故《ほご》にされた。

両親は以後、翼に会いに訪ねて行ってもすげなく門前払いされた。祖父の顧問弁護士が差しだした書類に、簡単に判を押したことを悔やんでもあとのまつりであった。

不幸はさらにつづいた。

翼が一歳半のとき、玉突き事故に巻きこまれて母が死亡。父も下半身に怪我《けが》を負い、生殖機能を失った。

母の死を知り、父は錯乱《さくらん》した。わが子はすでに手ばなしたあとで、今後新たな子ができる可能性も絶たれた。

錯乱した父を、しかし祖父は引き取り拒否した。父は僻地《へきち》の閉鎖病棟へ送られ、四年もの間、退院できなかった。

「お父さんが戻ってこれたとき、翼はもう五歳になってたのね」

「うん。おれは幼稚園児だった」

翼は首肯して、

「祖父母は世間体を考え、退院した父をいちおう受け入れたものの、徹底的に無視した。名前ひとつ呼ばず、声もかけず、食事だけを与えて透明人間のように扱ったんだ。まだ五歳のおれは混乱した。その頃にはもう、おれは伯父を父親だと認識していた。

父とそっくりの顔で、みんなに〝そこにいないもの〟として扱われる新顔の男を——おれは、父親の分身もしくは幽霊《ゆうれい》なんだと見なした」

子供の脳は柔軟で、適応能力に長《た》けている。翼は「お父さんの幽霊」としか思えぬ男の存在を彼なりに受け入れ、じきに慣れた。

火傷の記憶は、おそらくこの頃のことだ。

傍から見たなら、それはどんなにか異様な光景だったろう。

家庭の中心である子供が「お父さん」と呼ぶ男はじつは伯父で、本当の父親は両親にも、兄にも、わが子にも目を向けられず、透明人間として無視されつづけているのだ。だがそれが当時の、宮本家の団欒《だんらん》であった。

「恩師の鴇田先生が心配したのも当然だよな。父のためにも、おれのためにも、実家から離れろと鴇田先生は助言し、その手助けをした。ちょうど鴇田先生が相続したアパートに、父はおれを連れて逃げこんだ」

「それで半年間、お父さんと翼はアパートに住んだんだ？」

「ああ」

翼はうなずいた。

「でも祖父母は追っては来なかった。興信所を使って行き先だけを突きとめ、放置した。理由は、父が――いや、伯父がこう言ったからだそうだ。『あのガキも大きくなってうるさくなってきたし、ちょうどいいじゃんか。どうせならそのまま、二、三年預かってもらっとけよ』ってさ」

祖父はその言葉を受け入れた。そして彼ら父子を無理に連れ戻すことなく、月に一度祖母を派遣して様子を見させるにとどめた。

翼の中にある「大好きなお父さん」との「楽しい記憶」は、この期間に培われたものだ。

怒鳴ってばかりの祖父と、冷笑を浴びせるしかしない伯父抜きの生活は楽しかった。狭いアパートで、生まれてはじめて翼は子供らしくのびのびと暮らした。

実家で〝お父さんの幽霊〟だった男は、アパートではただの〝お父さん〟だった。

なぜって実家とは違い、アパート周辺では誰も父を無視しなかった。

近所の人も、新聞の集金人も、コンビニ店員も、祖母でさえも、みんな彼に話しかけた。

彼は、外界ではまぎれもなく生身の人間だった。

幸福な生活は半年つづき、ある日、突然に壊れた。

「なにがあったの」

モナミが問う。

「──伯父が、アパートに来たんだ」

翼は吐息まじりに答えた。

「父の日の、翌日だったよ。前の年までそんなこと気にもしちゃいなかったのに……テレビにでも影響されたのかな、いきなりおれに会いに来たんだ。それも、父が不在のときを狙って来た。祖母から聞き出して、だいたいの生活サイクルを把握《はあく》してたんだろう」

翼は目をきつく閉じ、またひらいた。

わずかに痛むこめかみを指で押さえる。思い出したくはないが、もはや消えようもない光景が脳裏に浮かんでくる。

「父の日がどうの、って伯父は言ったんだ。だからおれは馬鹿正直に、前日に描いた絵を、伯父に向かって差し出した。『お父さんの絵を描いたよ』、って」

しかしその絵に描いてあったのは、繭《まゆ》のように包まれたアパートの部屋にいる翼と父と、別の繭に囲まれた祖母の姿だけだった。

伯父は翼を問い詰めた。この絵のどこにおれはいるんだ、と。おまえの正式な父親はおれなんだぞと大人げなく怒鳴りつけた。

胸倉を摑まれて揺すられ、翼は泣きべそをかいた。

幼い彼の中で、いまだ父と伯父は複雑に混ざりあって、一人の人間として存在していた。なぜ父に怒られているのかわからず、翼は言った。

「だって――だって、家族の絵を描きなさいって、鴇田先生が……」

その瞬間、伯父の形相が変わった。

「――そうか、おれはおまえの家族じゃないのか」

彼は低く唸った。

「だったらおまえも、おれの家族じゃねえな。どっかの知らねえ、どうでもいい糞《くそ》ガキだ」

泣きじゃくる翼の襟首《えりくび》を摑んで引きずりながら、伯父は顔を真っ赤にして喚《わめ》いた。

「おまえみたいな不愉快なガキはいらん。いいか、二度と戻ってくるな」

伯父は彼を車に無理やり押しこめ、郊外のショッピングセンターへと置き去りにして一人で帰った。

翼は激しく泣き、ひきつけを起こし、やがて店員に保護された。迷子のアナウンスがされたが迎えに来る親はなく、警察が呼ばれた。

「当時のおれは知らなかったけど、おれの服のタグには迷子用に実家の住所と電話番号が書いてあったんだ。祖母が書いたんだろうな。警察はそれを見て、実家に連絡した」

「電話をとったのは誰だったの」

「祖父だった」

警察の報《しら》せに祖父は激昂《げっこう》した。

てっきり父が——いらない次男坊のほうが孫を捨てたのだと彼は思い込んだ。ちょっと外で羽根を伸ばさせてやったら、また不始末を起こしやがってと怒り狂った。

祖父はパチンコ店にいた伯父を捕まえて同乗させ、アパートへ向かった。

その頃、すでに父は帰宅していた。留守番していたはずの翼がいないことにうろたえ、混乱していた。

「ここから先は、おれの想像だけど」

翼はモナミを軽く撫でて言った。

「祖父は父に向かって、『これから孫を警察に引き取りに行く。おまえのほうはまた病院送りにしてやる』とでも言ったんじゃないかな。祖父は父を危険な病人と決めつけ、一生閉じ込めてやるとかなんとか怒鳴ったんだ。現実にそんなことができるかどうかはともかく、祖父ならきっとそれくらいは言ったと思う」

父はわけがわからなかっただろう。わからないなりに、息子が永遠に取りあげられてしまうらしい、とは理解しただろう。そして自分はまた、何年もあの閉鎖病棟に――。

父の糸はきっとその瞬間、音をたてて切れた。

彼ら一行を乗せた車は、S字カーブだらけの山道を走行中だったという。ハンドルを握っていたのは伯父だった。父と祖父はおそらく後部座席にいた。

あくまで想像だ。だが急カーブにさしかかる直前、父は後部座席から身を乗り出し、強引にハンドルを摑んで真横に切ったのではないか。

そして制御《せいぎょ》を失った車はガードレールを突き破り、崖下で大破《たいは》したのではないか。

父、祖父、伯父。三人ともに即死《そくし》だったそうだ。

当時の新聞のベタ記事には『県警は運転していた男性がハンドル操作を誤ったとみて詳しく調べている』と、事務的に書かれたのみであった。

そして一人生き残った祖母は、翼の養育を拒否した。

母方祖母は老人ホームにすでに入居しており、引き取ることは不可能だった。翼は児童養護施設へと送られた。

「おれはその施設に、丸五年いた。養子を探しに何度か足を運んでいた養父母に気に入られて、赤草姓になったのが十一歳のときだ」

モナミはすこし考えて、言った。

「それで、水曜日にだけ熱が出たのはどうしてだったの。やっぱり絵がいやだったわけ？」

「そのことか。違うよ」

翼は苦笑した。

「わかってみれば、たいしたことじゃなかった。要するに深層心理が刺激された、ってやつなんだろうさ。おれが置き去りにされたショッピングセンターは全国チェーン店だから、当然この町にもある。つまりここだよ」

と彼は店内をぐるりと見まわして、

「ちょっと遠いけど、美術室の窓からはここの看板が真正面から見えるんだ。それから、もうひとつ」

「なに？」

「美術の教科書にパウル・クレーっていう画家のポスター画が載ってるんだよ。クレーって抽象画の人だから、こう言っちゃ失礼だけど、子供の落書きみたいにも見えるんだよな。……その絵が、おれがあのアパートで、父の日に描いた絵とよく似てるんだ。数人がそれぞれ、繭に包まれて暮らしてるように見える絵だよ」

それでも絵を描くこと自体を嫌いにならなかったのは、生前の父がよく誉めてくれたからだろう。父はいつも言っていた。

「翼は絵がうまい」、「ほんとうに頭のいい子だ」、「なにをさせても上手だな、翼はお父さんの自慢だよ」と——。

翼は目を正面に向け、行き過ぎる人波を眺めた。

風船を持った子供が、母親と手をつないで跳ねるように歩いていく。スーツ姿の男がスマートフォンを片手で操作しながら歩き去る。制服姿の女子高生たちが、アイスクリームショップの前でオーダーに悩んでいる。

「ねえ」

モナミが胸もとから問うた。

「思い出せて、よかった？」

「よかった」

翼は迷わず答えた。

「よかったよ。……おれを捨てたのは、お父さんじゃなかったんだ。……よかった」

彼はうつむいた。

目の奥がじわりと熱くなる。胸もとから熱い小石がせりあがってきて、喉をきつくふさいでしまう。

苦しい。息ができない。でも、けして不快じゃない。

「ずっと、不安だった。おれはお父さんが好きだったのに……大好きだったのに、嫌われたんだって。おれを嫌いになったまま、お父さんは死んじゃったんだ、って……」

頬をつたった滴《しずく》が、紙コップに落ちた。

レモネードにちいさな水紋《すいもん》が広がる。

「でも、違った。お父さんはおれのこと、好きだったんだ。……最後まで、おれを好きだった。おれは本当のお父さんに、捨てられてなかった。それが、わかって……」

食いしばった歯から、低い嗚咽《おえつ》が洩れた。

「わかって、よかった……それだけで、おれは……」

——おれは。

彼の独り言に気づく通行人はいなかった。ただモナミだけが聞いていた。

噴水が、射しこむ陽光を弾いて白く光った。

13

今年は梅雨入りが平均より一週間近く遅れるそうだ。

六月に入ったばかりの空は、すこし雲が多いものの浅葱《あさぎ》いろに晴れわたっていた。暑くもなく寒くもなく、休日にはもってこいの天候である。

「いい天気だから、ピクニックでもしましょう」

と言い出したのは養母《はは》だった。

ただしモナミがいるから遠出できないということで、場所は自宅の庭である。

モナミ本人いわく「三半規管《さんはんきかん》が強いから車も平気」だそうだが、あいにく彼女の言葉は養母には聞きとれない。

養母は張りきって朝五時に起き、ピクニックバスケットいっぱいにサンドイッチを作った。照り焼きチキンと卵、カレー粉入りのポテトサラダにトマト、ツナとオニオン、ハムと大葉とチーズ。

七時に起きた翼も、パンにバターを塗ったり、付け合わせのピクルスにひとつひとつピックを刺したりと手伝った。デザートには、キウイといちごを挟んだフルーツサンドも用意した。

雨戸を開けはなし、家を縁どるL字形の縁側で、養父母と翼、そしてモナミは、うららかな日差しを浴びながらサンドイッチをつまんだ。

庭の木々が、目に沁《し》みるほど青々と茂っている。金鶏菊《きんけいぎく》の花群れに、蜜蜂が二匹もつれるように飛んでいる。垣根から覗く隣家の紫陽花《あじさい》は、ほんのりと色づきはじめていた。

蜂にちょっかいを出したくてモナミがうずうずしているのがわかったので、

「あれは刺すやつだから駄目」

と翼は手で押さえるようにして止めた。諦めてくれたご褒美《ほうび》に、養母の目を盗んでフルーツサンドのクリームを舐《な》めさせてやる。

「翼、新聞読むか?」

養父《ちち》が読み終えた朝刊をかざして言う。

そういえば養父もモナミの甘味好きに気づいたらしく、養母に隠れてアイスクリームやプリンをひと匙ふた匙やっているようだ。むろん普通の猫相手にならよくない所業だが、モナミは普通の猫ではないので、そのたび翼は黙礼《もくれい》で応えていた。

受けとった朝刊を、翼は縁側に広げた。

と、起きあがったモナミが寄ってきて、のっしりと紙面を占領する。

なぜ猫はこう新聞が好きなんだろう。そう訝りながら、モナミの隙間から読める記事だけをなんとか読んでいると、庭先に降りていた養母が戻って来た。

「あ、そういえば翼くん、三丁目の医院から電話があったわよ」

「え？」

翼が訊きかえす。

「用件は聞かなかったけど、よろしい時間に来てくださいって」

ああ、と納得して翼はうなずいた。熱の原因を知りたくて行った、四軒目の医院だ。そういえばモナミを飼った忙しさにまぎれて、血液検査の結果を聞きに行っていなかった。

「具合でも悪かったの？」

「うん。ちょっと一時期、熱っぽかったんだ」

翼はうなずいて、笑った。

「でも大丈夫。完治《かんち》したから」

あらよかった、と養母は笑いかえした。沓脱石《くつぬぎいし》に足をのせて座った彼女が、新聞を占領していたモナミを持ちあげて膝へ抱える。

養母の膝から、モナミが首をもたげて言った。

「翼、カンチって治ることだっけ？」

「そう。完全に治ったってこと」翼は答えた。

「いい言葉ね」

「うん」

モナミはするりと優雅な仕草で養母の膝から降り、翼の横へと戻った。

「あら逃げられちゃった、残念」

養母が肩をすくめた。

「でもしょうがないか。モナミちゃんは、〝翼くんの猫〟だもんね」

そう言うと彼女はチキンと卵のサンドイッチをひとつつまみ、また庭へと戻っていった。

翼とモナミは目を見交わし、ふっと笑った。

「あんたのお養母さんって、千里眼《せんりがん》よね。ううん、ちょっと違うな」

考えこんでから、モナミが声をあげる。

「わかった、ケイガン！　慧眼《けいがん》よ。ね、合ってるでしょ」

「ああ、合ってるよ」

翼は苦笑した。

「しかし三半規管といい慧眼といい、おまえは難しい単語を知ってるなあ。それってほんとに、映画や本の読み聞かせだけで覚えられたのか？」

「あら、それくらい当然よ」

得意げにモナミは言った。

「あたしは知性と教養ある、とっても特別なあんたの猫だもの」

第二話　ワンダーウォール

1

この町に、こんな店があったなんて――。

諸橋《もろはし》は唖然と店内を見まわした。

ステンドグラスを間近で見るのは、果歩《かほ》と新婚旅行で行ったローマのなんとか教会以来だ。いや、あのときは写真を撮るのに夢中で、こんなにまじまじと眺められやしなかった。

ローマの教会とは趣《おもむき》が違うが、これはこれで見事なステンドグラスである。やけに色っぽい曲線を描く花と、目もあやな葡萄棚の模様だ。

店内はひどく薄暗い。

天井のシャンデリアは点っておらず、其処此処《そここここ》に置かれた燭台の蠟燭《ろうそく》の火だけが揺れていた。視界は煙るようなオレンジ色に染まっている。床はいちめん、白と黒の鉄平石が張られていた。

「あの……こちらは、なんのお店なんですか？」

諸橋は店長らしき男を振りかえった。

片眼鏡を嵌めた男が、芝居がかった仕草で大仰に腰をかがめる。

「当店はペットショップでございます。そして正当な飼い主にしか、ペットの真の姿は見えません」

「正当な、飼い主……？」

こいつ酔ってるのかな、と諸橋はいぶかった。

いや違う、酔ってるのはおれだ。那須野《なすの》くんに誘われて、体調が悪いのについ三次会まで付きあってしまった。

頭が痛い。こめかみが疼《うず》く。このぶんじゃ明日の朝は、また果歩からきつい小言を喰らう羽目になりそうだ。

「あ、なんだそうか」

はたと諸橋は手を打った。

「わかったぞ、これは夢だな。きっとおれの本体は酔いつぶれて、いまごろ駅のベンチかどっかに転がってるんだ。そうだそうだ。はは、どうりでおかしいと思った。だってこの通りでこんな店を見た覚えないし、あんたみたいな男が現代にいるわけないし、第一そこで――」

優雅な楕円形《だえんけい》の水槽を指さし、叫ぶ。

「そこで泳いでる、リカちゃんサイズの女の子はなんなんだよ。ありえない。夢に決まってるだろ、こんなの！」

2

読みかけのケイト・アトキンソン『世界が終わるわけではなく』に栞《しおり》を挟んで、翼は点滅するスマートフォンへ手を伸ばした。

「あ、モナミ。篠井店長からメールが来てるぞ」

読書タイムのためマナーモードに切り替えたのが二時間前。そして篠井店長からのメールが届いたのが、どうやら三十分前である。つい半月前まではマナーモードなど設定したこともなかったが、ここ最近は織田や石橋から、ぽつぽつＬＩＮＥやメールが届くようになっていた。

「篠井さんから？　なんて？」

ベッドに寝そべった姿勢で、モナミが首も上げず相槌を打つ。

翼はメールを読みあげた。

「えーと、『このところの朝夕の寒暖差に、お客さま方におきましてはお風邪など召していませんでしょうか』……ってな具合に時候の挨拶が三行くらいあって……ああ、猫用におすすめのシャンプーとコンディショナーが入荷したってさ。それから服も、夏の新作が入ったらしい」

「ふうん」

モナミがそっけない声を出した。しかし気を惹《ひ》かれたらしい証拠に、体をそわそわと動かしている。興奮しているしるしだ。

「そうか、モナミも衣替えの季節だよな。パジャマだって、いつまでもあれじゃ暑いだろうし。よし、次の週末は篠井さんとこに新しい服を買いに行くか」

と翼は愛猫を撫でた。しかし当のモナミは、

「いい」

とそっぽを向いた。

翼が目を丸くする。

「いいってなんでだよ。モナミ、おしゃれするの好きだろ？　そろそろ篠井さんにだって会いたいんじゃないのか？」

と早口で追及した。モナミが眉根を思いきり寄せ、ため息まじりに答える。

「いいって言ったらいいの。だってあたし、知ってるもん」

「知ってるってなにを」

「翼のお財布には、あと二千円しか入ってない」

図星《ずぼし》をさされ、うっ、と翼は呻いた。彼がひるんだ隙に、モナミが言葉を継ぐ。

「そして翼がお小遣いをもらえる日まで、あと二週間あるってことも知ってる。本を買いすぎたせいだってことも知ってるし、実名子さんにマエガリをお願いする気がないことも知ってる」

「いや、あのな……」

翼は目を伏せて眉間を揉んだ。

「モナミはそんなこと気にしなくていいんだぞ。だいたい財布に入ってないってだけで、銀行口座にはそれなりにあるんだから」

「なに言ってんの。コウザのお金は、あたしを買ったときにだいぶ使っちゃったでしょ。それも知ってるんだから」

とモナミは彼を横目で睨んで、

「ギンコーコウザどうこうで煙に巻こうとしても無駄よ。あそこからお金が無限に出てくるわけじゃないって、あたし知ってるんだもんね。翼はガクセイで働いてないから、もらえるお金がいっぱいじゃないってことも知ってる」

「……まいった、降参《こうさん》」

翼は両手をあげた。

確かに彼はまだ学生の身だ。もらえる小遣いは、同級生と比べても多くない。そしてモナミの服もけして安いとは言えない。ことに繊細なレースやフリルをふんだんに使った服は、翼が着ているシャツの二、三倍の値ではきかなかった。

翼は往生際《おうじようぎわ》悪く、

「でもさあ、どのみちモナミの夏服は要るんだろ？　だったらおれに気を遣って、我慢《がまん》なんかしないでくれよな」

それ甲斐性《かいしよう》なしの飼い主って言われてるようで、逆にしんどいぞ、とぶちぶち言いながらスマートフォンの液晶画面をフリックした。メールのつづきを、スクロールして読む。

「――あ？」

われながら間抜けな声が洩れ落ちた。

モナミが首をもたげて、彼を見る。

「どうしたの、翼」

「いや、あの、篠井さんから……て言うかさっきのメールなんだけど、夏服の宣伝の下に、まだつづきの文章が」

翼は液晶をモナミに突き出して、

「あの店いま、アルバイトを募集してるんだって――」

「どうなってんだ、いったい……」

3

水槽を前に、諸橋は頭を抱えていた。

場所は彼の自宅である。２ＬＤＫの賃貸マンションはいつものとおりせせこましく、新聞や脱ぎっぱなしのスリッパが散乱する床ではルンバが静止し、カーテンを開けたサッシからは、土曜の朝陽が嫌味なほど明るく射しこんでいる。

そこまでは見慣れた光景だ。だがその中にただひとつ、室内にあってはならない――あるはずのないものが存在していた。

水槽だ。

夢で見たままに優雅な、楕円形の水槽であった。なみなみと満たされた水面も夢で見たとおりに揺れ、財布には夢でもらったはずの名刺が入っていた。さらに業務用鞄には、かけらも興味のないブラームスのＣＤが二枚突っこまれていた。

――いや、それより一番の問題は。

諸橋はまぶたをきつく閉じ、ふたたびひらいた。

しかし目の前の光景は消えない。頬をつねってみた。痛い。

水槽の中でゆったりと泳いでいるのは、例の夢で見た、あの全長二十センチの美少女であった。

限りなく銀に近いプラチナブロンドの髪が水面に広がり、白いレースのワンピースが脚にまとわりつきながらひるがえる。裾からは魚のひれでなく、華奢な二本の脚が覗いていた。人魚というより、まるで可憐な水中花だ。

「――正当な飼い主にしか、ペットの真の姿は見えません」

昨夜、煙突のごとき長身の男はそう繰りかえし、

「お疲れのようですね。ああ、みなまで言わずとも結構です。お客さま、最近体調がすぐれないでしょう」

と諸橋を覗きこむようにして言った。

なぜそれを、と諸橋は思った。まさかおれは、そんなに不健康そうに見えるのか。三十を過ぎたばかりだというのに額が後退してきたせいか。腹がいかにもメタボだからか。目がしょぼついているからか。それとも顔や唇の色が――とぐるぐる思い悩む彼に、

「どうぞお座りください」と男は椅子を勧めた。

脚にも背もたれにも精緻な葉飾り彫りをほどこした、尻を付けるのを躊躇するような椅子

だった。シートには蔓草模様の布が張られ、肘掛けは同じく蔓のようにくるりと湾曲している。

非現実的だ、と諸橋は思った。

なにもかもが非現実的だ。この店の内装、家具。目の前の男の風体、口から出るもったいぶった台詞——そしてなにより、水槽の中から微笑みかけてくるあの人形サイズの美少女。

美少女は水槽のガラスにひたと両掌をあて、内部からじっと諸橋を見つめている。見つめかえしたなら吸いこまれそうな、淡いブルーの瞳であった。

諸橋はあらためて店内を見まわした。

吊りさがった鳥籠には、南国にいそうな極彩色のオウムがおさまっている。鉢植えの並んだ出窓では、真っ白な小型犬が一匹眠っている。奥からかすかに聞こえるのは、やはり何かの動物の声だろう。

水槽の美少女へ目を戻した諸橋に、片眼鏡の男が問うた。

「失礼ですが、お客さまの目にその子はどうお見えになります？」

「どうって……とても綺麗な子ですね。なんというか、可愛いだけじゃなく……」

「じゃなく？」

「優しそうだ」

「それはよかった」

男がなぜか嬉しそうに揉み手をした。

「お客さま、何か飲まれますか？　コーヒー、それとも紅茶？　緑茶？」

「あ、いえ」諸橋は手を振った。

「できれば冷たい水を。ちょっと飲みすぎたせいで、喉が渇いて」

「お酒を、飲みすぎたせいでですか？」

重ねて男が問うてくる。

諸橋は男の眼を見た。不思議な色の瞳だ、と思った。

黒ではない。茶とも言いきれない。なにも見えていないような、そのくせなにもかもを見透かすような、得体の知れない眼だ。

だが視線をそらそうとは思わなかった。むしろ。

「――いえ」

なかば無意識に、諸橋は首を振っていた。

「いえ、違います。酒を飲みすぎたせいじゃない。……このところ、ずっとなんです」

一度話し出すと、止まらなかった。ごく自然に唇から言葉が溢《あふ》れ出す。

「なぜだか喉が渇いて、冷たい水が飲みたくて飲みたくてしょうがない――。でもいくら飲んでも、渇きはおさまらないんです。水分で胃がだぶだぶになっても、まだ渇く。口の中がひりついて、ときには舌が干上がって痛むくらい――」

「それは大変ですね」

男が穏やかに相槌を打った。

諸橋は額に掌を当てた。

「ええ。おまけに最近、体重まで落ちてきた。いつもどおり食ってるのに、一箇月で四キロも落ちたんですよ。さすがにこれは病気に違いないと思って、医者へ行きました」

「ほう。で、お医者さまはなんと？」

「喉が渇いて急激に痩せるのは、糖尿病の疑いがあると」

諸橋はつばを呑みこんで、

「でも、血液検査の結果は正常でした。ヘモグロビンなんとかって数値も問題なかったし、尿糖もマイナスでした。次に腎臓病が疑われましたが、これも正常。自己《じこ》免疫疾患《めんえきしっかん》の予兆もありませんでした。医者は『おそらくなんらかのストレスか、それにともなう自律神経失調症じゃあないか』と……」

「お客さまは、生活にストレスを感じてらっしゃるんですか」

「いえ」

諸橋は咄嗟に首を横に振りかけて、

「ああ……いや、まったくないとは言いきれませんがね。でも、体に不調をおよぼすほど深刻な悩みってわけじゃありません。なんていうか……あの、ちょっとした夫婦喧嘩《げんか》に過ぎないんですよ」

「ふうむ」

男が大げさに身を引いた。

「すると、最近奥さまとうまくいってらっしゃらない？」

「いやだから、そんな大げさなもんじゃないんですって！」

声を荒らげかけ、はっと諸橋は息を呑んだ。「……すみません」と小声で謝る。だが男は意に介した様子もなく、

「やはりお疲れなんですね」とだけ言った。

心底相手をいたわっていると伝わる、優しい声音であった。

諸橋は深く吐息をついた。

「まあ、そうですね。そういうことなんでしょう。どうやらおれは、自分でも気づかないところで疲れているらしい」

指を組んでうつむく。

「とはいえこの歳になると、『疲れを癒す』と言ったって、家で寝てるか飲みに行くくらいのもんですからね。そうでなけりゃ旅行だの花見だのバーベキューだのって、結局は休みをつぶして遊びまわるかだ。癒しどころか実際は、かえって疲労困憊……」

とそこで言葉を切り、

「いや違う。飲みに行くのも、花見も旅行も、もちろんそのときは楽しいんですよ。その場にいるときは、ああ来てよかった、やってよかったと思うんです。でも歳のせいか——そう、なかなか体力がついていかなくってね」

と彼は慌てて言い添えた。

男が苦笑する。

「この場は、奥さまも誰もおりませんよ。わたしに対して弁明なさる必要はございません」

諸橋は顔を赤くし、黙った。

片眼鏡の男が言葉を継ぐ。

「僭越《せんえつ》ながら、お客さまには対症療法でなくもっと根本的な癒しが必要のようですね。わたくしはペットを飼うことをお薦めします」

「ペット……」

「ええ。第一もうお客さまは、正当な飼い主としてこの子に認められていらっしゃる」

男は水槽を手で指ししめした。

プラチナブロンドの美少女が優美に泳ぐ、例の楕円形の水槽だ。

「世話は簡単です。まず週に一回水を替えてやってください。それから、できるだけ話しかけてやると元気になります」

「話しかけるって……え、なにをですか？」

諸橋は思わず訊きかえした。

水棲《すいせい》生物を飼った経験はない。犬猫とすらあまり縁《えん》のない半生だった。小学生の頃、友達が飼っていた座敷犬《ざしきいぬ》を、おっかなびっくり二、三度撫でたことがある程度だ。

男が微笑して、

「なんでもですよ。お客さまのことをなんでもいいから話して聞かせてあげてください。その子は、とても聞き上手な子ですからね」

「あー、それは、ええと……確か〝植物に話しかけてやるとよく水を吸うようになる〟とか言いますよね。それと同じような意味と受けとっていいですか？」

「そう解釈してくださってかまいません」

男は悠然《ゆうぜん》と首肯した。

諸橋はしばし考えこんだ。駄目だ、ついこの男のペースに巻き込まれてしまう。だがもっとほかに、先んじて訊くべき点がある気がする。ペットの世話どうこうというより、生き物の生存にかかわる部分の、基本中の基本の——。

「あ、そうだ餌！　この子、餌はなにを食べるんです」

彼は叫んだ。

この美少女が、まさか金魚の餌など食べるとは思えない。それともまさか、見かけによらず肉食なのだろうか。もし生き餌の昆虫やミミズが常食だなんて言われたら困る。妻の果歩は、虫が大の苦手なのだ。

しかし男の答えは意外なものだった。

「この子の餌は音楽です」

「は？　オンガ——？」

諸橋は今度こそ絶句した。

だが男は真顔でうなずいて、

「音楽です。メロディ。サウンド。ミュージック。主にモーツァルトやブラームスを好みますが、流行《はや》りの歌でも問題ありませんよ。ただしメタル系のロックなど、あまりビートの激しいものは与えないでください。この子が疲弊《ひへい》してしまいます」

「……はあ……」

諸橋は気の抜けた生返事をした。いかん、ますますもっていかん。思考がついていかない。ついていけない、といったほうが正確か。

だがそう思ったそばから、

――まあいいか。どうせ夢だ。

と諦念《ていねん》がこみあげてくる。

ついていけようがいけまいが関係ない。目が覚めてしまえばなんだろうと同じだ。いま自分の本体が駅に転がっているのか自宅までたどり着けたかは知らないが、ともかく起床しさえすれば、この世界は雲散霧消《うんさんむしょう》する。

というわけで諸橋は男の言うがまま水槽ごと少女を受けとり、カードで支払いを済ませた。今なら半額サーヴィスだという設備諸々と、ブラームスのCDも二枚購入した。

そういえばここ数年、CDなどまったく買っていなかった。学生時代は毎日のようにHMVやタワーレコードに通い、バイト代のほとんどを野外フェスのチケット代と旅費につぎ込んでいたというのに、社会人になってからはなぜか音楽を聴く習慣そのものがなくなってしまった。

「また近いうちにお越しください。当店はアフターサーヴィスも充実しておりますからね。なにかありましたら、すぐご連絡を」

という男の声を背に聞き流して、諸橋は店を出た。

夢の記憶はそこで途切れている。

そうしていま彼は朝日の射しこむ自宅で、かの水槽を前に途方に暮れているというわけだ。

——夢じゃなかったのか。

いやもしかして、これは鮮明な幻覚か？　ついにおれはおかしくなったのか。確かに最近飲み歩く頻度《ひんど》は高くなったが、アルコール依存症になるほど飲んじゃいないと思っていた。それとも夫婦間のストレスが、まさか幻覚や幻聴の症状まで——。

諸橋は喉を押さえ、咳きこんだ。

駄目だ、喉が渇く。水。まずは水を飲んでからだ。口の中が乾燥してごわつく。舌がスポンジになったみたいだ。

キッチンに駆けこみ、彼は水差しの口までミネラルウォーターを注いだ。グラスを右手に、水差しを左手に持ってリヴィングへ戻る。やはり水槽はあった。消える様子はない。

——そういえば昨夜のあの店内じゃ、喉の渇きは感じなかったな。

グラスに注いだ水をすこしずつ含みながら、ペット可のマンションにしておいてよかった、と諸橋は思った。

それとも水棲生物のたぐいは適用外なのだろうか。すくなくともこの子は静かだし、毛を落としたりもしない。床や壁を傷つける心配もない。あの店主の言うことが本当なら、維持費もたいしたことはないはずだ。

諸橋は水槽をかるく指さきでつついた。

少女が気づいたのか、すいと泳ぎ寄ってくる。彼を見て花が咲いたように笑う。つられて諸橋も、ぎこちなく笑みをかえした。

——これはもう、観念して飼うしかなさそうだ。

諸橋はため息をついて、

「しかし果歩に、こいつをどう説明したもんかな……」

「なにを説明するの？」

背後から女の声がした。

あやうく諸橋は飛びあがって絶叫するところだった。当の果歩の声だ。悲鳴をなんとか呑みこみ、水槽を隠そうと慌てて両腕を伸ばす。

だが遅かった。果歩は腰をかがめるようにして水槽を覗きこみ、

「あらすごい。どうしたの、このアロワナ？」

と声を高くした。

「あなた、熱帯魚を飼う趣味なんてあったっけ？　水槽もヒーターもポンプも一式買ってきちゃったのね。どういう風の吹きまわし？」

——アロワナ？

諸橋は目をしばたたいた。果歩の瞳には、この子がアロワナに見えるのか。

すくなくとも妻の双眸《そうぼう》に軽蔑の色は見えなかった。多少呆れ気味ではあるものの、変質者を見る目つきではない。

「……あ、ああ」

諸橋は声を絞り出し、急いで言葉を継いだ。

「そう、そうなんだよ、あの、おれもいい歳だし、そろそろ落ち着いた趣味を持つのもいいかなって。店先で見て、一目で気に入っちゃったんだ。とっても綺麗な子——じゃなくて、綺麗な魚だろ？」

「ええ」

果歩がうなずいて、水槽をためつすがめつする。

「これ、シルバーアロワナってやつでしょう。ほんとに鱗が銀いろなのね。よく知らないけど、こういうのってけっこう大きくなるんじゃないの？　維持費は大丈夫？」

——どうやら本当に、妻にはただの魚にしか見えていないようだ。

ようやく確信に至り、諸橋は心から安堵した。べつにいやらしい気持ちで購入したわけではないけれど、美少女ひとり飼うとなればさすがに家族の目は気になる。

果歩が肩越しに彼を見やった。

「このお魚、カードで買ったの？」

「ああ」

と諸橋は答えかけ、

「大丈夫だ、ちゃんとおれ名義のカード決済だからな。家計からは出してないから」

と早口で付けくわえた。妻が呆れたように笑う。

「べつに責めちゃいないでしょ。ただ言っときますけど、もし飽きてもわたしは代わりに世話してあげられませんからね。あなたも知ってのとおり、いまの部署になってから馬鹿みたいに忙しいのよ」

「わかってるって」

諸橋は渋い顔になった。

そうだ、果歩は四月に古巣を異動になってからというもの、ずっと帰りは午前様だ。いっしょに夕飯をとったのはいつが最後だったか、すぐには思い出せないほどである。

当の彼女は土曜日だというのに、タイトなベージュのパンツスーツを身に着けていた。

また見覚えのない服だな、と諸橋は内心で呟いた。

口紅も、いつもよりワントーン明るめのオレンジ系だ。気のせいかアクセサリーもやや派手に映った。鎖骨の下で、小粒なダイヤのネックレスが光る。

そんな夫の視線には頓着《とんちゃく》せず、果歩は言葉をつづけた。

「子供の頃こんなふうに、いきなり弟が犬を拾ってきたのよね。『ぼくが全部世話するから飼って！』って泣きついたくせに、案の定弟は一週間で飽きて、餌やりも散歩もしなくなったわ。代わりに世話を押しつけられたのがわたし。それ以後、弟はいいとこどりの遊び相手になってやるだけだった。もうあんなのは御免《ごめん》よ」

「わかってるったら」

諸橋は手を振った。

「絶対にきみに押しつけたりしないよ。この子はおれのペットだ」

――いやそれどころか、おれはこの子の真の飼い主なんだ。

だってその証拠に、この子の本当の姿が視えるのはおれだけなんだからな。なんとなく妻に勝ったような気分で、諸橋はひそかに鼻をうごめかせた。

「その言葉、忘れないでよね」

と果歩はいま一度釘を刺すように言って、

「あと十分で出なきゃいけないから、コーヒーだけ淹《い》れておくわ。パンは冷蔵庫の中よ、あなたの好きな時間に焼いて食べて」

ときびすをかえした。

諸橋がその背に向かって言う。

「まだ八時だぞ。せわしないんだな」

「知ってるでしょ。土日は道が混むのよ」

短く答え、果歩は振りむきもせずキッチンへ行ってしまった。

昔から果歩は、朝食にコーヒーしかとらない。それでも家でこうして飲んでいくのはいいほうで、最近は「出勤途中のコンビニコーヒーで済ませるわ」とあたふた出て行くのがざらであった。

対する諸橋は朝食べないと力が出ない体質で、果歩が買い置きしてくれたパンを自分で焼き、コーヒーとインスタントのカップスープを飲んで、彼女より三十分遅く出るのがお決まりだ。

昼はふたりとも社食である。そして夕飯はさっきも回想したとおり、別々にとるのが習慣となりつつある。

電動ミルが豆を挽くいい匂いが漂ってきた。

「奥さん、忙しそうね」

　ささやくような声がした。

　驚いて諸橋はあたりを見まわし、水槽に目をやってからようやく「ああ」と思った。

　水槽の少女がこまかな泡を吐きながら、

「あのひと、あなたの奥さんでしょう？」

と問いかけてくる。はじめて耳にするタイプの、涼やかでなんとも可愛らしい声だった。

　諸橋はキッチンの果歩をうかがいながら、

「きみ、しゃべれるのか」

と小声で訊いた。

　少女がうなずき、「もちろんよ。わたしはあなたの話し相手だもの」と微笑む。

「わたし、おしゃべりするのも聞き役にまわるのも巧《うま》いのよ。ちゃんと店長に教育されてきたの。いつ飼い主が迎えに来てくれてもいいように、つねにいい子で準備万端だったのよ」

「迎えに、って――」

　そう鸚鵡返しに言いかけたとき、キッチンから果歩が戻ってきた。

「あら、お魚とお話し中だった？　ごめんね邪魔しちゃって。じゃあわたしは行くから、あとお願いね。もしあなたも出かけるなら、ガスの元栓は閉めていってちょうだい」

「あ、ああ」

諸橋は彼女に向きなおって首肯した。

「いってきます」

「いってらっしゃい」

と手を振った直後、無意識にするりと言葉が滑り出た。

「……世良《せら》くんに、よろしくな」

三和土《たたき》で果歩が靴を履きながら、肩越しに振りかえった。ほんの数秒目が合う。だが先にそらしたのは、諸橋のほうだった。

果歩がふっと笑った。ドアノブに白い手をかける。扉が薄くひらき、陽光が射しこむ。

「ええ、伝えとく」

扉が閉まった。

4

膝に乗せたモナミの髪をブラッシングしてやりながら、

「なあ、モナミ」

と翼は熟考の末、口をひらいた。

モナミが眠そうに応じる。「なあに」

「おれさ、篠井さんとこのアルバイト、やっぱり応募してみようかと思うんだ」

そう言いつつも、われながらまだ半分迷っているような口調だ。モナミにしゃべりかけながら自分の気持ちを整理している、と言ったほうが正確だろう。

なにしろ翼の今年のモットーは「有言実行」だ。と言っても本来の意味とは違い、

「いままでは口に出さなすぎたから、心に決めたことは胸中だけでなく、どんどん言葉にしていこう」

という意図でのスローガンであった。

頭の中で言葉を探りながら、翼はつづけた。

「うちの高校、許可証の申請さえ出せばバイト可なんだよ。赤点でもとらない限り、原則誰でも許可はおりるらしい。それに養母《かあ》さんだって、おれがどうしてもやりたいって言えば反対しないだろうしさ。……モナミはどう思う？」

「翼がやりたいなら、やればいいじゃない」

あっさりとモナミは言った。

「どうせあたしもあんたについて行くんだしね」

「え、モナミも来てくれるのか」

「当然でしょ。あたし抜きで翼、どうやって接客するのよ」

「ああ、そうか……」

といったん納得しかけて、

「接客？　いやそれはさすがに、いままでどおり篠井さんがやるんじゃないか？　おれに、いやたかがバイトごときに、そんなメインの業務を任せてくるような人じゃないだろう」

翼は泡を食って反論した。

モナミが目をすがめる。

「じゃあ翼、なんのお仕事する気だったのよ」

「えーと、力仕事とか掃除とか。あとは店にいるあの子たちを綺麗に洗ったり、餌をあげたり、体調を管理したり……」

「馬鹿ね」モナミが肩をすくめた。

「それくらいなら篠井さん一人でやっていけるわよ。わざわざお金を払ってまで人手を追加するってことは、彼、新しいお仕事を増やすつもりなんじゃないかしら」

「新しい、仕事？」

翼は問いかえした。

モナミが顎に手をやって、

「うーん、新しいって言うのはおかしいかな。いままでの延長だけど、いまいち行き届いてなかったところのお仕事よ。いままでやりたかったけどできなかったことに、ちょっと手を出してみる感じ――なんていうの、こういうの？」

「ええと、業務拡大？」

「かな？　よくわかんない。でも篠井さんがやりたいのって、それなんじゃないかな」

「マジか……」

翼は肩を落とした。

めずらしく盛りあがっていた〝やる気〟が、体内でみるみる萎《しぼ》んでいくのがわかる。もしそんなだいそれた企画があるとしたら、とうてい務まる気がしない。いや、それ以前に向こうのほうでお断りだろう。

こちとらバイト経験など一度もない上、自他ともに認める重度のコミュ障なのだ。慣れた事業主相手に社会経験を積ませてもらいがてら、あわよくば賃金もゲット――などという考えはやはり甘すぎたのだろうか。

すっかりしょげてしまった飼い主を、

「ちょっと翼？　翼ってば」

とモナミが覗き込み、慌てたように尻尾でぱしぱしと叩く。

「んもう、そんな落ち込まないでよ。いまのはあたしの単なる想像だってば。嘘々、そんなに気にしちゃ駄目」

「でも、篠井さんをよく知ってるモナミの想像だろ？　だったらきっと、高い確率で当たってるんじゃないかな」

掌で尻尾を受け止め、翼は気弱に反駁《はんばく》した。

まったく猫というのは、どうして先につんけんしてから、こうも急に態度を軟化させてくるのだろう。機嫌がいいと思えば唐突に雲行きがあやしくなるし、逆もまた然《しか》りで、とにかく気まぐれだ。心が読めない。

内心でそうぼやく翼を知ってか知らずか、モナミは彼に甘くすり寄ってきた。

「大丈夫大丈夫、翼は篠井さんに気に入られてるから、電話一本すればきっと即採用よ。なんだったらあたしが推薦したげるから、ほら、電話してみなさいって」

5

「きみのこと、ルーシイって呼んでいいかな」

諸橋がそう問うと、銀髪の少女は水槽越しに微笑んだ。

「いいわよ。でもどうして？」

「子供の頃好きだったファンタジー小説があってね、そこに出てくる女の子からもらったんだ。親戚のおじさん家の衣装箪笥の奥から、ナルニアっていう別世界の国に入っていった女の子の名前だよ」

「その子、素敵な子なの？」

「ああ。優しくて勇敢な子だ」

諸橋はうなずいた。水差しに溜めた常温の水を、グラスに注いでは口に運ぶ。

「その子の兄貴が言った、大好きな台詞があるんだ。『ルー、きみはえらい女の子だなあ。こんな時でも、ほら、そういったでしょ、とはいわないものね』。つまり彼女は一貫して正しいことを主張しつづけて、やっと周囲が間違いを認めたその瞬間も、『ほら、だから言ったでしょう！』なんて勝ち誇ったりしないんだよ。そのくだりを読んでおれも、よしこんなくだらない台詞を言う人間には絶対ならないぞ、と思ったもんさ」

「その女の子の名前を、わたしにくれるのね」

「うん。気に入った？」

「気に入ったわ。名前がもらえるって嬉しい」

ルーシイはいとも邪気《じゃき》なく笑った。

銀髪の美少女がこのマンションにやって来て、早や一週間が過ぎた。水槽は直射日光が当たらぬよう、リヴィングの壁際に設置しなおした。

果歩は「ほんとにちゃんと世話できてるの？」と最初の数日こそ半信半疑の様子だったが、ルーシイが元気なのを見てじき安心したようだ。

「アロワナちゃんとうまくいってるようじゃない」

「ああ、順調だよ。見直した？」

「まだ早いわよ。一年育ててあげたら評価してあげる」

「さすが点が辛いな」

と、ひさしぶりになごやかな会話も交わした。しかし諸橋がその直後に発した、

「じゃあ次の週末は、アロワナと三人でゆっくりしないか。たまにはおれが夕飯をつくるよ。ちょっといい肉でも焼いて――」

という申し出は、

「ごめんなさい。また休日出勤になりそうなの」

と即却下された。

果歩は「ごめんなさい」と重ねて謝り、諸橋は「いいんだ」というほかなかった。

そうして前言どおり、妻は今日も土曜だというのに出勤していった。髪をアップにして、紺のスーツに真珠のピアスを着けていた。スーツはやはり、過去に見た覚えのないシルエットとデザインであった。

「――明宏《あきひろ》くん」

少女の声に、諸橋ははっとわれにかえった。

明宏は、諸橋の下の名である。苗字で呼ぶのはいやだと言われ、しょうことなしにファーストネームを教えたのだ。

この歳になってくん付けで呼ばれるというのは、妙に面映《おもはゆ》い。だが悪い気はしなかった。そういえば果歩にも結婚前は「アキくん」と呼ばれていたものである。

「奥さんがいなくて寂しい？　そうよね。せっかくのお休みなのに、いっしょにいられないなんて残念よね」

眉を下げて親身に言うルーシイに、諸橋は苦笑した。

「仕方ないよ。経営企画部は忙しいんだ。いわゆる花形部署ってやつさ。いつまでも管理部から抜けられないおれなんかとは、天地の差ってやつ」

「同じ会社なの？」

「いや、同業種だけど違う。向こうはいわゆる上場企業ってやつで、こっちは二流――なんて言っても、ルーシイにはわからないか。うーん、とにかく向こうのほうが偉くて忙しいってことだよ」

「でもその偉い奥さんに選ばれて、好きになってもらえたんじゃない」

「うん、まあ……それはどうかな」

彼は言葉を濁《にご》して、水をまた一口含んだ。

「でも最近は、おれより仕事仕事だよ。平日は残業残業で帰宅は零時を過ぎるし、休日はこの有様だ。はじめのうちはおれも『体を壊すぞ、いつ休んでるんだ』ってしつこく心配したもんだけど、果歩にうるさそうにされるだけだったんで、いつの間にか言わなくなっちまった」

「でも本当は、言いたいんでしょ？」

「まあね。できることなら『休め！』ってきつく言いたいよ。……それから、ここだけの話」

彼は声を低めた。

「『仕事と俺とどっちが大事なんだ？』とも訊いてみたい。情けないよな……こんなの、男と女が逆転しちまってるよ」

しかしルーシイにはぴんと来ないようだった。それはそうだろう、人間界の労働状況など彼女には知るよしもないのだから。

ルーシイは可愛らしく小首をかしげ、言った。

「そういえば、世良くんって誰？」

諸橋はぎくりとした。顔色が変わったのが自分でもわかる。

「どうしてその名前を」

「どうしてって、この前明宏くんが言ってたんじゃない。奥さんが出ていくとき、『世良くんによろしくな』って」

「ああ……」

諸橋は呻いた。また喉が渇いた気がした。水を口に含み、舌の上で転がす。でもすこしも浸透していく気がしない。

「世良くんは、果歩と同期入社した男だよ」

「ドウキって？」ルーシイが訊く。

「そうだな、なんていうか……社会人バージョンのクラスメイトみたいなもんかな。同じ時期に、同じような苦労をしてきた仲間のことさ」

諸橋は声を落とし、

「入社したとき同じ部署で、配置替えでいったん離れたけれど、四年後また同じ部に配属されるだなんて——そうだよな、そりゃ運命を感じてもしょうがないよな」

グラスに残った水をがぶりと飲み、ルーシイに向きなおって笑う。われながら、頰が引き攣《つ》っているのがわかった。

「ルーシイ、お腹すいただろ。そろそろ音楽をかけようか。なににする?」

場をとりなすように立ちあがり、ブラームスを取りこんだパソコンを指さした。

しかしルーシイは首を振って、

「たまには違うのがいいな」と言った。

一瞬意外に思ったものの、「ああ、まあそうか」と諸橋はすぐに納得した。人間だって毎日ハンバーグやステーキでは飽きてしまう。たまには焼き魚や冷奴が食べたくなるものだ。

「じゃあなにがいい?」

「なにかしら。明宏くんのおすすめは?」

「おれは——いやあ、おれの聴くような音楽が、きみの気に入るかなあ」

諸橋は頭を掻いた。手許《てもと》にあるCDを思い浮かべてみたが、どれもロックやポップスのたぐいばかりである。

あの煙突のごとき店主によれば「メタル系のロックなど、ビートの激しいものは疲弊してしまうから駄目だ」そうだ。ではアコースティック・サウンドならいけるだろうか。ゆったりしたバラードならどうだ。なるべくメロディアスで、綺麗な曲調の。

諸橋は寝室のクロゼットにもぐりこむと、奥の段ボールから、久しく聴いていなかったCDを引っぱり出した。埃《ほこり》を払い、リヴィングへ取って返す。

「大学時代によく聴いた曲だよ」

そう告げながらCDをパソコンにセットし、再生ソフトを起動させる。

印象的なアコースティック・ギターのイントロののち、伸びと張りがあった頃のリアム・ギャラガーの声が流れだす。オアシスの『Woderwall』だ。

「どう？」

諸橋が問う。ルーシイは目を細めた。

「素敵なメロディラインね。ラヴソング？」

「いや」

諸橋は首を横に振った。

「友情の歌だよ」

そう言い終わらぬうち、玄関が騒がしくなった。ドアノブが動く音ののち、誰かが駆け込んでくる。廊下を走っていく足音がした。洗面所の水が勢いよく流れる。

「おい、……果歩か？」

諸橋は立ちあがり、こわごわと洗面所を覗いた。

むろん果歩に決まっている。ほかにこの家の鍵を持っている者はいない。

果歩はスーツのまま洗面台にかがみこみ、苦しげに嘔吐《おうと》していた。何度も咳《せ》きこみ、あえぐ。呻いてふたたび洗面所に顔を伏せる。

「果歩、どうした、果歩」

うろたえながら、諸橋は妻の背をさすった。

果歩が手の甲で口をぬぐい、肩越しに振りかえる。顔が真っ青だ。

「ごめん、なさい……気分が悪くなって、戻ってきちゃった」

「いや、謝ることないよ」諸橋は小声で答えた。

「風邪かな。薬飲むか？」

「いい。飲んでもたぶん、吐いちゃうと思うから……」

すこし横になるわ、と果歩は眉を寄せたまま唇だけで微笑んだ。諸橋の脇をすり抜け、おぼつかない足取りで奥の六帖間へと消える。

洗面所を掃除し、諸橋は水を汲みなおしてリヴィングへ戻った。

また喉が渇いていた。グラスを持ちあげ、呷《あお》る。舌に染みこませるように、水を口に含んで転がしては嚥下《えんげ》する。

ルーシイはひどく心配そうに、内側から水槽に両の掌を貼りつけていた。諸橋が座るのを待たず、眉根を寄せて尋ねてくる。

「どうしたの。奥さん、具合が悪いの？」

「そうみたいだ」

抑揚なく諸橋は答えた。

「お医者に行ったほうがいいんじゃない？　明宏くん、連れていってあげれば？」

「いやいいんだ。あれはたぶん病気じゃない。だから、お医者に行っても治らないよ」

「え？」

きょとんとするルーシイに、諸橋は頬を歪めてみせた。

「いいこと教えてやろう。――果歩とおれはね、もう半年もベッドが別々なんだ」

ますますわからない、と言いたげにルーシイが首をひねる。

諸橋は力なく笑った。

「ごめん。こんなこと言ったって、きみに通じるわけないよな。……あ、曲が終わっちゃったか。次は違うのを聴いてみよう」

6

諸橋は千鳥足《ちどりあし》でマンションへ帰宅した。

エレベータのボタンを押し、壁にもたれる。コンビニで買ったばかりのお茶のペットボトルを開け、ぐいと呷る。飲み口からこぼれたお茶が、顎から首をつたってワイシャツの襟《えり》を濡らした。

ちょっと飲みすぎちまったな——と自嘲《じちょう》する。しかし金曜の夜だ。待ちに待った週末だ。ちょっとくらい羽目をはずしたっていいじゃないか。

二十日を過ぎて最初の金曜だけあって、歓楽街は大にぎわいだった。

居酒屋を一、二軒まわるだけのつもりだったのに、まったく那須野くんは誘い上手で困る。

諸橋は、酔いで赤らんだ頰をゆるめた。

キャバクラだのなんとかパブだの、ほんとに那須野くんは店をよく知っている。おかげで世界が以前の倍も広がった。

むろん果歩はいい顔をしない。だがいい年をして夜遊び一つできない、いままでのおれのほうがおかしかったんだ。社会人になったら楽しみなんて、男同士で飲みにいくくらいしかない。そうさ、それが普通じゃないか——。

四階から微動だにしない表示灯を見あげながら、諸橋はずるずるとその場にしゃがみこんだ。

——そうでなくとも、飲んで忘れてしまいたいことばかりだ。

諸橋はもとより仕事ができるほうではない。つぶしのきかない営業職で「愚直《ぐちょく》と誠実《せいじつ》さだけが取り柄です」という顔をして、低空飛行だがどん底でもない成績のまま勤めてきた。

しかし最近、その取り柄さえ通用しなくなってきた、と痛いほど感じる。

課長に言われた。「きみは接待が巧くないんだから」

係長に言われた。「マニュアルどおりしゃべりゃいいってもんじゃないんだよ」

主任に言われた。「新人じゃあるまいし。どうしてそういつまでも融通がきかないんだ？」

お小言の最中でさえ水をがぶ飲みしつづける諸橋に、彼らは白い目で告げた。

「お得意さまへのプレゼンを中断して、三度もトイレに立ったんだって？　きみ、どっかおかしいんじゃないか」

「もしそうなら休暇をとりなさい。具合が悪いまま仕事に来られたら、まわりだって迷惑するんだよ」と。

——まったく、いやなことばかりだ。

楽しみといえば那須野くんに会えることくらい……いや、最近はそうでもないか。そうだ、ほかにも楽しみができたんだった。

水槽を優雅に泳ぐ、綺麗な女の子。犬猫のように抱きあげて頬ずりはできないが、眺めているだけで癒される美しいペット。名前はルーシイだ。

昨夜はルーシイに那須野くんの話をして聞かせた。

高校時代のクラスメイトだということ。向こうはスポーツ特待生でおまけにルックスがよく、学年の人気者だったこと。対する諸橋は地味で目立たない生徒で、在学中は彼と挨拶以外口をきく機会がなかったこと。

「それが社会人になって、偶然に再会してさ。うちの会社が元請で、那須野くんのとこが下請にあたるけど、業種は同じ。その日のうちに飲みに行って、すっかり意気投合したんだよ」

諸橋はうっとりと言った。

「嬉しかったな。……昔は遠くから見て、憧れるだけだったから。那須野くんと対等に親しく話せる日が来るなんて、思わなかった」

「よかったわね」

ルーシイは微笑む。

「明日も那須野くんと、〝飲み〟に行くんでしょう?」

ノミ、とルーシイは奇妙な発音で口にして、

「楽しみね」

「ああ」

諸橋が微笑みかえす。

「でも不思議。明宏くん、外でいっぱい〝飲んで〟くるのに、それでもまだ喉が渇くんだものね。那須野くんと出かけると、いつも以上にお水ばっかり飲んで」

「いやそれは、飲んだのが水じゃなくて酒だから……」

諸橋は頭を掻いた。

アルコールは、肝臓で水と二酸化炭素に分解される。その水分はたちまち尿となって排出されてしまう。飲めば飲むほど脱水症状を起こすという不思議な現象が起こるのはそのためだ。しかしその仕組みを、口頭でルーシイに説明するのは難しかった。

「ともかく、お酒を飲むのは楽しいけど、喉が渇くものなんだ」

と強引に断言しておく。

「渇くのがわかってて飲むなんて、変ね」ルーシイが言う。

「そう言われちゃうとそうだけど」

「ならお酒をやめれば？　そしたら明宏くん、喉が渇かなくなるかもよ」

ルーシイが真剣に言う。諸橋はかぶりを振った。

「いやあ、でもおれの普段の〝渇き〟は、酒を飲む飲まないに関係ないからな。なにをいくら飲んでも、どういうわけか満足できないんだ。水、お茶、ジュース、ビール、コーヒー、いろいろ試してみたけど……」

「人間の飲み物ってそれしか種類がないの？」

「いや、細分化すればもっとある」

しまった、難しい言葉だったかな、と諸橋はすぐ後悔したが、ルーシイは「サイブンカってなに」とは尋ねなかった。その代わり目を輝かせて、

「じゃあ全部試してみましょうよ。わたし、付きあうわ。奥さんはお外で働かなきゃいけないけど、わたしは時間がいっぱいあるもの」

「そうは言ったって、紅茶ひとつ取っても覚えきれないほど種類があるんだぜ。えーと、ダージリン、アッサム、アールグレイ、フランボワーズ……おれが知ってるのはこれくらいだけど、たぶんもっとある。コーヒーならコロンビア、モカ、キリマンジャロ、グァテマラ、ブルーマウンテン、マンデリン。軟水と硬水で、味だって変わるらしいしさ」

「いいじゃない。ひとつひとつ試していけば、いつかは喉の渇きを止めるお水にめぐり会う

かもしれない。やらないで諦めるより、まずはやってみましょうよ」

「……うん、そうだな」

諸橋はうなずいた。

そしてルーシイと、水槽のガラス越しに約束したのだ。次の土日はミネラルウォーターを各種買ってきて、飲み比べるところから始めてみようと。

それが昨夜のことだった。

——まずったな。明日、動けるかな。下手したら一日中、ベッドで二日酔いに苦しむ羽目になるかもしれない。

そしたらルーシイとの約束が。いまさらながら、諸橋はほぞをかんだ。

果歩はどうせまた休日出勤と称して出かけるに違いない。彼女の看病は期待できない。冷蔵庫に、ゼリー飲料のストックはまだあっただろうか。途中のコンビニで、お茶だけじゃなく液体胃腸薬も買ってくればよかった。

ようやくエレベータが降りてきた。

オレンジの表示灯が「1」の文字を光らせる。扉がひらく。

目当ての階ボタンを押し、エレベータが昇る間にも、諸橋はせわしなくペットボトルを呷りつづけていた。渇く。飲んでも飲んでも渇く。いったいおれはどうなっちまったんだろう。

ああ疲れた。──疲れた？　いや、楽しんできたんじゃないか。飲んで騒いで、仲間とストレス解消してきたばかりだ。こんなにも手足が重いのは、ぐったりしているのは──そう、深酔いしたせいだろう。

到着ベルが鳴る。諸橋は千鳥足でマンションの廊下を歩いた。冷えた外気が心地よかった。

「ただいま。あれ果歩、帰ってるのかぁ？」

われながら呂律《ろれつ》がまわっていない。靴を蹴るように脱ぎ捨てた。邪魔くさい。靴なんか明日起きてから揃えればいい。

浴室から水音が聞こえた。どうやら果歩はシャワー中のようだ。

諸橋はリヴィングに入った。

「ルーシイ、明宏くんが帰ったぞぉ。ごめんな、ちょっと飲みす──……」

途端、彼は立ちすくんだ。

ルーシイが仰向けに、水面に浮いていた。

瞳がうつろに開いている。ぴくりとも動かない。一目見ただけで、意識がないとわかった。

諸橋は水槽を抱えあげた。

ダイニングキッチンへ走り、シンクへ水槽の水を半分がたぶち撒けた。もちろんルーシイは落ちぬよう、片腕でしっかり抱えこんだ。ワイシャツもネクタイもずぶ濡れになった。本来なら水替えにはポンプを使う。だが、構っていられなかった。

バケツに汲み置きして塩素を抜いていた水に、ポットの湯を足して適温の水をつくった。沸かした水ならば、塩素が抜けているはずだ。

慎重に水槽へと注ぎこむ。本当はすべての水を入れ替えたかったが、バクテリアがどうとかで、一度に全部は替えるなと熱帯魚の本に書いてあった。

「なによ。帰ってたの？　どたばた騒がないでよ。下からまた苦情が——」

バスタオルを巻いた果歩が浴室から飛びだしてくる。諸橋は振りむきざま、彼女を怒鳴りつけた。

「うるさい！　なにが苦情だ。いまはそれどころじゃない！」

果歩が目を見ひらき、立ちすくむ。

諸橋はつばを飛ばして叫んだ。

「おまえ、なにをした！　この子が気絶して、水槽に浮いてたんだぞ！　もうすこしで死ぬところだったじゃないか！」

「死……死ぬなんて、そんな」

果歩が数歩後ずさる。

「この子になにをしたんだ！」

「なにもしてないわよ！」

金切り声で果歩はわめいた。

「ただ、餌をやっただけよ！　普通の熱帯魚用の餌！　あなたが餌を買ってきてる様子がないから、だから——」

餌？　諸橋は室内を見まわした。

なるほど、床に熱帯魚用の人工飼料パックが転がっている。ホームセンターにも売っているメジャーなブランドの飼料だ。

——でもあれを水に入れただけで、ルーシイが瀕死《ひんし》になったりするだろうか。

諸橋は水槽へ目を戻した。

ルーシイは胎児《たいじ》のように手足を曲げ、丸くなった姿勢で水に沈んでいる。また浮いてくる様子はないようだ。ひとまず諸橋は、ほっと胸を撫でおろした。

とはいえ楽観はできない。彼女がうつろな目を見ひらき、水面に手足を投げだすように浮かぶ姿を見たときは、誇張なしにこっちの心臓が止まるかと思った。

諸橋はいまだ立ちすくむ妻に、一語一語区切るように言った。

「いいか果歩。この子の面倒は、最初に言ったとおりおれが見る。きみは余計な手出しをしないでくれ。……頼むから」

万感の思いを瞳にこめ、彼女を見あげる。

果歩はぐっと喉を詰まらせ、やがて蒼白《そうはく》な顔できびすを返した。

「……ごめんなさいね」

捨て台詞のように吐かれた一言だけが、むなしく宙に浮く。

浴室の扉が荒々しく閉まる音がした。

諸橋はルーシイを見おろした。水槽を両手で抱える。

「ごめんよ。ああ、一人にして悪かった。ごめん。……なあ、あいつはほんとに餌を投げ入れただけなのか？……まさかとは思うが、あいつ、きみを……」

応《いら》えはなかった。

ただ美しい銀髪が、水面下で夢のように揺れていた。

7

バイトに雇ってもらえないのではないか、という翼の心配は杞憂《きゆう》に終わった。

篠井はいともあっさりと、

「ああ、あなたなら安心です。では週末土日の週二日シフトから始めましょうか。最初の週は研修期間扱いになるけれど、時給は規定どおりお支払いしますのでご心配なく」

と、せっかく書いた履歴書をろくに見もせず翼を採用した。

「あの、学校からバイトの許可証が発行されるんですが……提出したほうがいいですか？　不要ですか？」

「とくに要りません。人となりはすでに、モナミが保証してくれていますしね。じゃあ来週の土曜から来てもらいましょう。翼くん――翼くんと呼んでいいかな？　うちのバイトは適性のある人ならば、けしてむずかしい業務じゃありませんよ」

「適性、というと」

翼は上目づかいに長身の篠井をうかがった。

「きみはすでに十二分にあるから大丈夫。うちの子たちはそれぞれ美意識が高いから、大きな粗相などしやしないしね。研修期間にしてもらうのは、まず店の商品たちに慣れることと、餌やりと掃除です」

早くも「あなた」から「きみ」呼びに変わったようだ。

翼はぎくしゃくとうなずき、

「掃除なら、ええと、得意です」と答えた。

実際、施設では清掃グループの副長だったのだ。年功序列で繰りあがりの副リーダーではあったが、元来綺麗好きの翼には性に合った。小学校ではうさぎ小屋の係を一年務めあげたし、餌やりの手順だってある程度は慣れている。

——モナミのやつ、脅かしてくれたよなあ。

と、寝椅子から動かない愛しのペットを横目で見やる。モナミは座面にゆったり体を伸ばして横たわり、気持ちよさそうに微睡んでいた。陶器のような頬に、長い睫毛が影を落としている。

篠井が揉み手をした。

「そうですか、掃除が得意とはありがたい。じつはわたしは大の苦手でしてね。それでもうちの子たちを埃まみれにするわけにいきませんから、嫌々やっていましたが……やはり翼くんを雇ってよかった、正解でした」

「え、あ、いや、そんな」

翼は頭を掻《か》いた。

お世辞だとわかっていても、誉められると嬉しいものだ。他人に誉められ慣れていない、とも言う。そういえばいままでの半生で翼を手ばなしに賞賛《しょうさん》してくれたのは、養父母と亡き父くらいのものであった。

思わずいい気分になったところへ、篠井がさらりと言った。

「研修期間が終わったら、新しいサーヴィスに取りかかってもらいますがね」

「え？」

頭を掻いていた手が止まる。

翼はいやな予感をこらえ、おそるおそる尋ねた。

「失礼ですが、あのう、その新しいサーヴィス、とは……」

「出張アフターサーヴィスです」

篠井はこともなげに言った。

「気づいたのですよ。うちの商品は特殊ですからアフターケアがなにより重要だというのに、いままではトラブルのたびお客さまから電話をいただき、かつ店までご足労をお願いしていた。これではいけません。この不景気の世の中、生き残っていくためにはサーヴィス面をもっと充実、向上させていかなくては」

「……で、でも、ペット産業は不景気でも強いって言いますよ？」

弱々しく反駁する翼を無視して、

「残念ながらわたしは、いささかフットワークが重いのでね。その点、若くて健康で体力があるナ代のきみなら、まさにうってつけです。ああ、大丈夫ですよ。もし手に余るトラブルがあれば、いつでもわたしにまわしてください。さいわいきみにはモナミがいるから、たいていの問題は解決できると思いますが」

と篠井は立て板に水で言った。

「ちょうどいま一件、心配なお客さまがいましてね。うちの子では少々手に余るかもしれない気配があるのです。だが、トラブルが起きても電話してきてくださるかがあやしい。どうも己の中だけで、抱えこみがちなかたに見受けられまして」

翼はなんとも相槌を打てずにいた。誰にも言えず抱えこんでしまう性質は、自分も同じだと思えたからだ。

いや、篠井の「体調と気持ちがすぐれないでしょう。うちにおいでになるのは、そういうお客さまばかりです」の台詞を信じるならば、むしろ内向的な性格の客が大半なのではないか。ペットに癒されなければ心が疲弊する一方の、周囲にSOSを出せない、口数のすくない控えめな人たち——。

翼の思いをさえぎるように、突然、店の電話が鳴りだした。オルゴールのような台付きで、ダイヤル式のレトロな電話機だ。

「おっと失礼。では翼くん、来週からお願いしますね」

と篠井は一歩踏みだしざま、肩越しに振りかえり、

「言い忘れてました。ひとつだけ禁止事項があります。うちの商品たちに、勝手に名前はつけないように。名づけは飼い主だけの特権ですからね」

早口でそれだけ言うと、店長は足早に電話機へ向かっていった。

8

「悪いなあ、諸橋。おまえにばっかやらせちゃって」

そう言って片手で拝んでくる那須野に、諸橋は鉄板から顔をあげて笑いかえした。

「いいんだよ。おれ料理すんの好きだしさ。それにほら、共働き歴長いからいろいろ手慣れちゃってんだ」

顔じゅう汗でぐしょ濡れだ。額にタオルを巻いていても、ものの役に立たない。

那須野は同情するように眉をさげて、

「ああ、奥さんバリキャリなんだっけ。おまえにばっか飯炊き押しつけるなんて、ちょっと稼ぐからって調子乗ってんじゃね？　いっぺん、ガツンとやってやれよ」

と拳で殴るジェスチャーをする。むろん冗談だ。だから諸橋は笑った。そう――ただの冗談だ。

那須野にバーベキューに誘われたのは、二日前のことだった。

「うちの会社の若い連中集めて、ぱーっとやろうと思ってさ。道具？　道具はキャンプ場からレンタルだよ。もちろん女子社員も来るぜ。こう言っちゃあれだけど、うちの新卒の子、けっこうレベル高いから楽しみにしとけ」

じゃあ土曜の朝八時に駅集合な、と一方的にまくしたてられて電話は切れた。

駄目もとで果歩を誘ってみたが、

「無理。忙しいの」と予想どおり、にべもなく断られた。

そして土曜八時、愛車のエスティマで向かった諸橋は、まず駅で那須野と合流した。

その後は那須野のナビで、一人一人那須野の後輩たちを家やアパートまで迎えに行った。

八人乗りのエスティマは、諸橋と那須野、そして四人の男子社員と三人の女子社員で鮨《すし》詰めになった。

「定員オーバーだぞ、おい」

「黙ってりゃわかりゃしねえって。おっ、あそこのスーパーで食材買っていこうぜ」

那須野の部下は二十代の若者ばかりだった。車内でも、スーパーに入ってからも、諸橋はまるで話題についていけなかった。

「これ海老？　海老って焼けば食べれるよね？　海老フライする？」

「馬鹿、フライは油と鍋がいるべや」

「あ、そうだ油。油いるんじゃん。でもこんな大っきい瓶で買っても余るよねえ」

「牛脂でいいだろ」

「は？　ギューシ？　ギューシってなによ、わけわかんないこと言わないで」

「もう肉買おうぜ。肉とビール。あと缶のウイスキーソーダな。九パーのやつ」

「面倒くせぇから全部カルビでいいよ。ねえ那須野さん、夏の男はカルビっすよね？」

カートに乗せた籠に、ろくに値段も見ずに放りこんでいく。だがレジへ向かう段になると彼らは一斉に散り、あとには諸橋だけが残された。

「悪りぃ諸橋、カード持ってるよな？　立て替えといてくれよ」

言うが早いか、那須野は部下たちのもとへ小走りに去って行った。

キャンプ場へ着いてからも諸橋は大忙しだった。鉄板や調理器具一式を借り、火を熾《おこ》し、野菜を洗って切り、肉を焼いた。

男子社員の何人かは「すんません、まかせちゃって」、「ありがとうございます」とねぎらってきたが、女子社員たちは日傘をさし、ビール片手に敷物から頑《がん》として動かなかった。熱い鉄板に近寄ることさえなく、男子社員たちが運ぶ皿を、口をあけた雛鳥《ひなどり》のように待っている。

「悪いなあ、諸橋」

おまえにばっかやらせちゃって、とハイボールの缶を手に、那須野が駆け寄ってくる。

上半身裸で、下は迷彩柄のハーフパンツだ。顔は酔いで、体は日焼けで真っ赤である。奥さんバリキャリなんだっけ。いっぺんガツンとやってやれよ、と笑いながら、架空の女房を拳で殴るふりをする。

「お、こっちの肉焦げてるぞ。違うって、こっちこっち。ったく、ほらトング貸せよ馬鹿、下手くそ」

那須野は上機嫌だ。だから諸橋も笑う。

友達が楽しそうなのは嬉しい。だからおれも楽しい。

「若い女とただで遊べてよかっただろ？　来てよかっただろ？」

「うん」

「だよなあ。普段はキャバクラで高い金払って、女にしゃべってもらうしかねえんだもんな。金抜きで口きいてくれるのはバリキャリの古女房だけ。おっと、その女房も最近は冷てぇんだっけか。はは、悪い悪い」

「ははは」

「男女混合のバーベキューなんてはじめてか？　女房以外の女は知らねえってタイプだもん

なあ。あの子らのLINEのID、教えてやろうか。ただししつこくすんなよ、フラれたらすぐ諦めろ？」

ああ暑い、と諸橋は思う。

鉄板の熱気で息が詰まる。煙で口の中がいがらっぽい。喉が渇き、舌が口蓋《こうがい》に貼りつく。渇いて、渇いて――。

「若い女ってのはそれだけで価値があるんだよなあ。見ろよあの太腿。尻から腿にかけてのライン、あれがババアとは違うんだよな。歳食うと丸かった尻が垂れて、四角くなっちまうの。その点若い女は、どこもかしこもパツンパツンに張って――」

「那須野」

「え？」

低くさえぎられ、那須野が一瞬きょとんとする。

諸橋は言った。

「すまないが、そこのビール取ってくれ。……喉が渇いた」

「え、あ――あ、そうか」

慌てたようにクーラーボックスへかがみこみ、「スーパードライでいいか」と手渡してくる。

諸橋は唇をひらき、なにか言いかけた。しかし思いなおしてやめた。

缶を受けとって微笑む。

「ありがとう」

那須野は「ああ」と口中でもごもご言い、後ずさるように離れていった。

ふいにきびすを返したかと思うと、景気づけの奇声をあげて、日傘の塊と化している女子社員たちのもとへ走っていく。男子社員が申し訳程度に取り分けてくれた肉の紙皿が、那須野の蹴立てた砂をまともにかぶった。とうに冷えきり、硬くなった肉だった。

諸橋は無言でプルトップをあけ、ビールを呷った。

ほとんどひと息に、三五〇ミリリットルを空けてしまう。だが渇きはおさまらなかった。渇く。ひりついて痛いほど渇く。満たされない。こんなもんじゃ足りない。

――足りない。

手の甲で唇を拭《ぬぐ》う。

鉄板から離れ、クーラーボックスの二本目に諸橋は手を伸ばした。

9

「バーベキューは楽しかった？　明宏くん」

ちいさな水しぶきをあげ、ルーシイが尋ねた。

いまだ本調子ではないようだが、さいわいだいぶ元気になったようだ。跳ねた雫がミルククラウンならぬ、水の冠を一瞬かたちづくって消える。

「もちろん楽しかったさ、盛りあがったよ」

諸橋は棒読みで答えた。

「それよりルーシイ、今週はかまってやれなくてごめんな。仕事が忙しくて……那須野との予定のすり合わせもあったし」

諸橋は神妙な声で言った。

すまないと思う気持ちは本当だ。だが台詞のうち半分は嘘だった。仕事が忙しくとも、ルーシイの相手をしてやる暇はあった。那須野とのＬＩＮＥだって、せいぜい十分から二十分で終わった。

ほんとうはルーシイを避けていたのだ。罪悪感ゆえだった。

つい目を離した、守ってやれなかったという自己嫌悪。果歩に悪意があったのか否か、いまだ問いつめられていない悔恨。そしてちいさいながらも、ルーシイにたびたび嘘をついている後ろめたさ。

――もちろん楽しかったさ、盛りあがったよ。

――仕方ないよ。経営企画部は忙しいんだ。いわゆる花形部署ってやつさ。

仕方ないなんて、本当はこれっぽっちも思っちゃいないくせに。

罪悪感が、彼の足をルーシイの水槽から遠ざけた。ここ数日は出勤する直前にブラームスをエンドレスで流しっぱなしにしておくだけで、ろくに声もかけなかった。いまだってルーシイのほうから話しかけられなければ、そのまま通り過ぎていただろう。

諸橋は反省し、水槽の前へと腰をおろした。

水中の少女は、あいかわらず可憐で美しい。見ているだけで心が浄化されていくようだ。この子を眺めるときだけは、喉の渇きがすこしおさまる。ああ、そういえば紅茶やコーヒーの種類を制覇するという約束も、果たせていないままじゃないか。

「明宏くん、疲れてるみたい」

ルーシイが言う。

「そうかな」

諸橋は顎を撫でた。ざらついた髭《ひげ》の感触がした。

「遊び疲れってやつじゃないか。がらになく日焼けもしたしさ。ルーシイは知らないだろうけど、日焼けってのは意外と体力を消耗するんだぞ」

「うん、知らない」

ルーシイは素直にうなずいた。

「海の魚が日焼けする、っていうのは聞いたことあるわ。深海にいる魚は綺麗なままだけど、海面下数メートルで棲息する魚は日光に焼けて黒くなっちゃうんだって。でもわたしは、海になんて行ったこともないもん」

「そうか、そうだよな」

テーブルのペットボトルに諸橋は手を伸ばした。飲みさしのミネラルウォーターだ。キャップを開け、一口含む。

「明宏くんは海に行ったことある？」

「あるよ。子供の頃は夏休みになると毎年行った」

「ナツヤスミ？」

「子供は夏になると、一箇月くらい学校が休みになるものなんだ。残念ながら大人になると、お盆前後に四、五日休めりゃいいとこだけどさ。というかこの歳で一箇月休暇をもらっても、逆に困っちまうよ。なにをしていいかわからない」

せいぜいきみとこうして、一日じゅう話すくらいかな、と諸橋は水槽のガラスをつついた。

ルーシイが微笑む。

「子供の頃と同じことをすればいいじゃない」

「もう無理だよ。体がついていかない。すっかりおじさんになっちゃったからな」

「そんなことないわ」

「いやいや、見ろよこのビール腹。ガキの頃は痩せっぽちだったんだけどなあ。痩せててチビで、眼鏡かけてさ。何度クラス替えしても渾名《あだな》は『のび太』だった」

「ノビタ？」

「漫画のキャラクターだよ。眼鏡をかけた冴えない男の子の代名詞さ」

「いまは眼鏡をかけてないのね」

「高校からコンタクトにしたんだ。便利だよ。不便なのは、付けたままシャワーを浴びれないことくらいかな。目を開けたままシャワーする癖があるせいで、すぐ失くしちまうんだ」

「目をつぶっていられないの？」

「うん。なんでか怖いんだよな。頭を洗うときも必ず目を開けてるよ。水の中で見えないと――なんだろうな、うまく言えないけど……すごく、不安になる」

と彼は声を落とした。

数秒、会話が途切れる。

不自然に流れた沈黙を取りつくろうように、諸橋は急いで愛想笑《あいそわら》いを浮かべた。

「まあでも、泳ぐときはみんな目を開けてるものだしな。ルーシイだってそうじゃないか。きみのその碧《あお》い瞳、水中で映《は》えてとても綺麗だよ」

「ありがとう」

「いつかきみに海を見せたいなあ。もちろん入ることはできないだろうけどさ。水槽とは大違いなんだぜ。透きとおったエメラルドグリーンで、大きくて、どこまでも広がっていて、ひとときも休まず波が押し寄せてくる」

あ、そうだ、と諸橋は膝を打った。

「そういや写真があるんだった。結婚一周年記念で、果歩と沖縄に行ったときの写真だよ。あの海は綺麗だったな。ちょっと待っててくれ、確かチェストの抽斗に――」

立ちあがり、隣の四帖間へ小走りに向かう。

果歩が書斎兼寝室に使っている部屋だった。越してきた当初はただの書斎だったが、半年前に布団が持ちこまれ、寝室も兼ねるようになったのだ。おかげで夫婦のダブルベッドはいまや、諸橋一人が占領する態になっている。

入るのをためらったのは一瞬だった。

なあに、遠慮するいわれはない。このマンションの家賃は折半だし、すべての部屋に出入りする権利だって半々のはずじゃないか。

第一、おれはただ写真が見たいだけだ。夫婦で旅行した写真を見たいと思って、いったいなにが悪いっていうんだ。

「……そうだよ。べつに、アルバム以外のものを探す気はないんだし……」

己に言いわけするように呟き、ドアをひらいた。

一歩踏み入った途端、ふわりと果歩の香りがした。いつも付けている柑橘《かんきつ》系の、ちょっぴりスパイシーな香水だ。

諸橋はチェストに向かった。

フォトアルバムが入っているのは確か、上から二番目の抽斗である。わかりやすいよう沖縄旅行の写真は、表紙にシーサーのイラストがプリントされたアルバムにおさめたはずだ。むろんデータも保存してあるが、USBを探すほうが面倒だった。

「ええと、アルバムは……と」

抽斗を目いっぱい手前に引き、覗きこむ。

果歩はしゃきしゃきした女だが、整理整頓は苦手なほうだ。それを物語るように、あらゆるものが雑多《ざった》に放りこんであった。冠婚葬祭《かんこんそうさい》用の真珠のケース。薬局が出すお薬手帳。爪切り。電卓。記帳欄がいっぱいになった個人名義の通帳。ペーパークリップ。古いキイホルダ

――。

「ああ、あったあった」

クリアファイルの下に、ようやくアルバムの束を見つけた。

シーサーのイラストは……とめくろうとして、間に蝦蟇口《がまぐち》の小銭入れが挟まっているのを見つけた。小銭などほんの数枚しか入りそうにない、およそ非実用的な品だ。

――こんなもの、果歩の趣味じゃない。

考える間もなく手が動いた。蝦蟇口を開ける。

諸橋の顔から血の気が引いた。入っていたのは小銭ではなかった。

結婚指輪であった。

急いで内側の刻印を確認する。ＡｔｏＫ。明宏から果歩へ――。

間違いない。諸橋がいま左手薬指に着けているのと、対になるはずの指輪だった。

諸橋は古い通帳を手に取った。果歩名義の通帳だ。新通帳へ移行した証拠に、読みとり部分にパンチ穴が開いている。しかし、過去の出納は確認できる。

見てはいけない。そう思うのに、指はすでに通帳のページをめくっていた。

月々のスマホ料金が引き落とされている。個人年金の積立金が引き落とされている。毎月のクレジット、車のローン、保険……。ほぼ規則正しい数字が並んでいる。だが。

諸橋は眉根を寄せた。

一件、不審な引き出し金があった。額面にして六十万。大金だ。日付を確認すると、四月なかばであった。四月といえば、果歩が異動になって世良と再会した時期である。

目を皿にして、諸橋は以降の金の出入りを追った。四月以後、大きな引き出しはないようだった。だがこまかい出納は何度かあった。疑えばきりがないのだと頭ではわかっていたが、なにもかもが怪しく映った。

ああ、喉が渇く。水が欲しい。

水。澄んで冷えきった、すべてを潤《うるお》してくれる水――。

突然、窓ガラスが激しく鳴った。

はっと諸橋はわれにかえった。狼狽《ろうばい》して顔をあげ、窓を見やる。どうやら雨が降ってきたようだ。大粒の雫が、打楽器のごとく断続的にガラスを叩いている。

――そうだ、ルーシイ。

壁の時計を見あげ、彼は愕然とした。

いつの間にか一時間以上経っている。またあの子を放りっぱなしにしてしまった。そういえば今日は、まだ音楽を一曲も聴かせていない。

廊下を諸橋は走った。リヴィングへ駆けこむ。

「ルーシイ！」

しかし応える声はなかった。彼は水槽へ飛びついた。

ルーシイは水底に沈んでいた。

先日見たのとそっくりそのままに、胎児のように丸くなって微動だにしなかった。両のまぶたは閉じられ、あの美しい碧い眼は見えない。長い銀髪だけがわずかに揺れている。

諸橋の膝がかくりと折れた。そのまま床にへたりこむ。

両手で顔を覆った。

「そんな……ああ……」

――おれのせいだ。

前のときは水替えでなんとか回復してくれたが、今度もそうとは限らない。

なによりこんな短期間に何度もダメージを与えてしまって、彼女に後遺症《こういしょう》でも残ったらどうしよう。この子にはおれしか頼れる者がいないのに、なんてことをしてしまったのか。

――そうだ、名刺。

諸橋は弾かれたように立ちあがった。

キッチンの椅子にかけっぱなしのジャケットを、手で探る。内ポケットから名刺入れを取りだす。震える手で選《よ》り分けた。

だが目当ての名刺はなかなか見当たらなかった。気ばかりあせる。額から噴きだした脂汗が、頬から顎へつたって落ちる。指先がぬるついて、うまく紙が摑めない。

ふいに高い音が空気を裂いた。

スマートフォンの着信音だ。諸橋は舌打ちした。どこのどいつだ。いまはそれどころじゃないんだ。ああくそ、でももし上司からだったら――。

半泣きで、諸橋はスマートフォンを手に取った。

「もしもし！」

自棄気味に怒鳴った声へ、間延びした柔和な声が重なる。

「もしもし、諸橋さんでいらっしゃいますか」

「そうですが！　悪いがいま取り込み中……」

「ご無沙汰しております。わたくし、ペットショップの者です」

諸橋の顎が、がくんと落ちた。

なんで向こうがおれの番号を。いや、そうだ。名刺を渡されたとき、つい癖で交換しちまったんだっけ。まったく身についた社畜《しゃちく》の習慣はおそろしい。じゃなくて、待て、いまはそんなことを考えてる場合じゃ――。

度を失う諸橋をよそに、電話口の向こうの〝店主〟はいたって穏やかな声で言った。

「あれから、うちの商品の具合はいかがでしょうか？　そろそろお電話いただける頃かと思い、従業員一同お待ちしておりました、諸橋さま」

10

「……なあ、やっぱり無理だと思うんだけど」

指定されたマンションの前に立ち、翼はいまさらながらの泣き言を吐いた。

「もう、何言ってんのよ。いいかげん観念しなさい」

翼の腕に抱かれたモナミが、ぴしりと尻尾で彼を打つ。

翼は苦悩の表情で、

「いやおれは観念してるよ。してるんだけど、そうじゃなくて問題はお客さまのほうだろ。おれがこのコミュ障のせいでやらかして、不快にさせちゃったらどうするんだよ。もしそうなったら店にも損害が」

執拗《しつよう》にぼやきつづける飼い主に、モナミが呆れ顔になった。

「だからそうならないように、篠井さんがマニュアルを印刷してくれたんじゃない。大丈夫大丈夫。台詞はもう全部暗記したんでしょ？　適当に、じゃなくてリンキオーヘンにそれを繰りかえしてりゃいいのよ」

「その〝臨機応変《りんきおうへん》〟がむずかしいんだって」

「もう、うるさい。暑い。早く中入って」

「うー……」

仕方なしに翼はインターフォンの前に立った。

管理人らしき人が、自動ドアのガラス越しとはいえ、こちらを不審そうに見てくるのも落ち着かない。

指定された部屋番号のボタンを押す。

ほんの数秒で、インターフォンのマイクが応答した。

「はい、諸橋です」

うわ、出たよ。自分でインターフォンを押しておいて、そんな身勝手な慨嘆が洩れる。

「お、お電話いただきました、あの」

翼はあせった。不必要なほどマイクに顔を近づけ、名乗ろうとしてはたと気づく。

——そういえばうちの店名ってなんだっけ。

名刺にあった店名は、飾り文字にしたってほどがある、と言いたくなるような装飾過多の箔押《はくお》しで読めなかった。電話口で篠井店長はいつもなんと言っていただろうか、と頭を絞っ

てみたが、思い出せない。しょうことなしに、

「ぺ、ペットショップの者です。あの、先日アロワナをお買い上げいただいたかと」

と名乗ってみた。事前連絡もあったようだし、これで通じるだろう。

「あ、はい。お待ちしてました、どうぞ」

「し……失礼致します」

音もなく自動ドアがひらく。

そうか、マンションってこんな仕組みになってるもんなのか、と翼は思わず感心した。思えば自分は施設と学校と、いまの家しか知らない。友達の家へ遊びに行くという経験もしてこなかった。目に映るなにもかもが新鮮だ。

エレベータに乗りこみ、階のボタンを押した。さすがにこれくらいの操作はわかる。

「モナミ……」

「なあに」

いたってそっけない愛猫に、翼は呻くように言った。

「おれがもしおかしなことを言ったりやったりしたら、いつもの尻尾で即、教育的指導をしてくれ。できれば気配を悟って、やらかす前に指摘してくれるとありがたい。おれはおまえを信じてる。頼んだぞ」

「頼んだぞって言われてもね」

昇っていく表示灯を眺めながら、モナミが眠たげに言う。

「いまから会うお客さまがもし猫嫌いか猫アレルギーだったら、いやでもあたしは遠慮しなくちゃいけないでしょ。その場合はあたし、表で散歩でもしてるわ。翼一人で頑張って」

「えっ、ちょ、嘘だろ?」

翼は覿面に泡を食った。

モナミが声をあげて笑う。

「冗談よ。うちのお店に入って来れたお客さまなんだから、そのどっちでもないはず。ちょっとからかっただけよ」

その返答に、がっくり翼は肩を落とした。恨めしげにモナミを見おろす。

「……モナミ、おれをいじめて楽しいか?」

「そんな顔しないの。ね、これですこしは緊張がほぐれたでしょ」

「え?」

エレベータが開いた。

人気のない廊下を、ドアの番号を確認しながら歩く。外付けの廊下なので陽射しが照りつけて暑い。目当ての部屋を見つけ、翼はチャイムを押した。

三十秒と待たず、戸口に現れたのは三十代なかばほどの男だった。色が白く、やや小太りで、やけに汗をかいている。

よかった、優しそうな人だ、と翼はほっとした。あの店のお客だから大丈夫だろうと思ってはいたが、予想以上だ。激しいクレームをまくしたててくる相手にはとうてい見えない。

安堵で思わず立ちつくす彼の腕を、モナミが尻尾で厳しく打った。

「挨拶！」

いてっ、と言いそうになり声を呑む。

翼は暗記したマニュアルを思い起こし、

「――ぺ、ペットショップの者でございます。本日はご用命いただき、まことにありがとうございます。失礼ですが、中へお邪魔してもよろしいでしょうか」

と棒立ちの棒読みで言った。

「ああ、はい。もちろん」

諸橋が脇へ避け、一人と一匹を中へ通す。翼はぎこちなく会釈し、同じほど諸橋もぎこちなく頭を下げかえす。双方とも、このシチュエーションに不慣れなこと丸出しだ。

「すみません。てっきり店長さんが来るのかと……若い人でびっくりしちゃって」

「ああ、はい。おれはバイトでして」

咄嗟に答えた翼を、

「こら、お客さまが不安になるでしょ」とモナミが叱った。

そうだった、と翼は咳払いし、

「バ、バイトですが、店長に全権をまかされております。どうぞお気軽になんでもご相談くださいませ。もちろんお客さまの個人情報に関しては、厳重に管理し守秘することをお約束いたします」

とふたたびマニュアルを暗唱した。

なんとか靴を脱ぎ揃えたところで、ふいにモナミが腕の中から飛びおりる。

「あっ、おい、モナミ」

止める間もなく、猫はしなやかに駆けていく。短い廊下の突き当たりに見える半びらきのドアは、どうやらリヴィングに繋がっているらしい。

翼は狼狽しつつも諸橋を振りかえった。「あの、すみません、うちの子が――」

しかし謝罪なかばで、戸の向こうからモナミの声がした。

「翼、ペットの名前、なんて付けたか訊いて」

「へ?」

「いいから訊いて」

翼は機械的に諸橋へ向きなおった。

「あの……うちの猫が、『名前をなんと付けたか訊け』と」

口に出して、瞬時に後悔した。

なにを言ってるんだおれは。これじゃ完全に頭のおかしいやつじゃないか。気味悪がられて、追い出されたらどうしよう。バイトもこれで馘首《くび》か。

だがあにはからんや、諸橋の反応は平静だった。

「ルーシイです。ええと、児童文学の女の子から取りまして」

はにかんだような笑顔だ。

その表情に、翼の口から自然と問いがこぼれ落ちた。

「スヌーピーのルーシイ……じゃないですよね。『南の虹』ですか？　それとも『ナルニア国ものがたり』？」

「あたり。ナルニアです」

諸橋がうなずく。思わず翼は声のトーンを跳ねあげた。

「いいですよね、ナルニア。おれも七巻全部読みました。とくに『銀のいす』の、泥足にがえもんが好きで」

「おれはリーピチープが好きですよ、ネズミの騎士の」

諸橋が言う。翼は声のトーンを上げた。

「リーピチープ！　おれも好きです。それからペベンシー家の次男エドマンド。あの四兄弟の中で彼がいちばん人間くさいでしょう、そこがなんとも」

「わかります。年長のピーターは立派だけど、立派すぎて自分と重ねられなくてね。エドマンドはその点、嫉妬したり嘘をついたり、いい子じゃないんだけど、つい共感できる部分があるというか」

「そうそう。巻が進むごとに成長していくのも好きなんです」

なんだか一気に打ちとけてしまった。

そうだ、そういえばおれは、読んだ本の話ならわりと臆《おく》せずしゃべれるんだよな——とあらためて気づく。施設でも学校でもそうだった。ただ自分自身の話題を振られると途端に口ごもってしまうため、いつも会話はうまくつづかなかった。

諸橋の先導で翼はリヴィングへと入った。

大きな楕円形の水槽の前に、モナミがスカートをふんわり広げて座りこんでいる。

水槽で泳いでいるのは、見覚えある銀髪の美少女であった。あらためて見ると、モナミより一回り以上ちいさい。水槽のガラスを挟んでモナミに顔を寄せ、なにごとか熱心にささやいている。

幻想的な、美しい光景だった。はからずも翼は見とれた。

「すごい」

呆《ほう》けた声で諸橋が言った。

「さっきまで、丸くなって沈んでたのに。おれがなにを話しかけても反応してくれなくて、死んだみたいで——。劇的だ。いや、すごい。本当にありがとう」

「え、あ、いやあ」

手を握らんばかりに感激され、翼は目を白黒させた。

おれはなにもしていない。だが結果的にうまくいったようだし、この場はよけいなことは言わずにおいたほうがいいだろう。

諸橋は長い長い吐息をついて、

「ああ、すっかり喉がからからだ。なにか淹れるよ。紅茶とコーヒーとどっちがいい？　冷えたのがいいなら、烏龍茶とジュースがあるけど」

さきほどの会話もあってか、すっかりくだけた口調だ。安堵のためか表情が柔らかくなり、声音も安定した。だがやはり、ちょっと頼りなさそうな柔和な空気は変わらない。

翼は頭を下げて、

「あ、じゃあすみませんが烏龍茶を——」

「あたしジュース！」

間髪容れず、モナミの声がかぶさった。

仲むつまじい猫と魚の様子を、諸橋と翼は冷えた烏龍茶を飲みつつ、孫を眺める目つきで見守った。

モナミは爪を引っこめた右手、というか右前足を水槽にぺたんと当てて、ガラスに顔をくっつけている。ルーシイもモナミに顔を寄せ、こちらにはわからない言語で内緒話にふけっているようだ。

諸橋がひとくちお茶を飲みくだし、

「じつを言うとね、インターフォンできみの声を聞いたとき、店長さんじゃないと気づいてパニックになりかけたよ」と苦笑した。

「なんというか、変質者を見る目を向けられるんじゃないかと……」

「いや、それはないです」

翼は慌てて手を振った。

「おれもあの猫を飼ってる身ですから。それだけはないです」

「そうか、よかった。いや、でもやましい気持ちがないのは本当なんだ。可愛いのは可愛いが、どっちかというと娘を愛でる気持ちに近いというか」

しみじみと諸橋が言う。翼も同意した。

「ですよね。でもおれは娘というより、妹……いや、姉かも」

ふと思いつき、「ちなみにうちの子は、諸橋さんにはどう見えます？」と尋ねてみる。

諸橋はうっとりした目つきでモナミを見やり、

「じつに綺麗な猫だよねえ。ああそう、きみもあのお店で買ったの。じゃあやっぱり、きみの目にはあの子は女の子に見えるんだ？」

「はい、でもどういうわけか、おれにはルーシイもちゃんと女の子に見えます」

翼がそう言うと、わずかに諸橋の眉宇が曇った。

しまった、と翼は早口で、

「あ、大丈夫ですよ。正当な飼い主は諸橋さんだけですから。横取りしませんから」

と言い添えた。

この場を取りなそうと、篠井店長に渡された鞄を慌てて探る。

「そ、そういえば、あれです。〝当店ではペットの服やアクセサリーも取り扱っております。カタログをお持ちしましたので、よろしければご覧ください〟。……あの、意外と高くないんで、ほんとにお薦めです」

とテーブルに薄い冊子を置いた。むろん括弧内はマニュアルの台詞である。

「へえ、服か」

もの珍しそうにカタログをめくりはじめた諸橋に、すこしあらたまって翼は尋ねた。

「あのう、前後の事情をすこしお訊きしていいですか。――ルーシイの具合が悪くなったのは、いつからでしょう。原因などに心あたりはおありですか」

ページを繰る諸橋の手が止まった。

視線が目に見えて泳ぐ。

短い沈黙ののち、観念したように彼は声を絞りだした。

「……ごめん。じつは最近、あの子をかまってやれていなかったんだ。餌のCDだけ流しっぱなしにして、あとは全然……。ここ数日は、テレビの歌すら聴かせてやってなかった」

どうやらルーシイの餌は音楽らしいな、と翼は見当をつけて、

「お仕事が忙しかったんですか。繁忙期《はんぼうき》？」

「いや、お恥ずかしい話だが……昔の同級生と一年ほど前に再会してね。そいつと遊ぶのが、その、忙しくて」

心底恥じ入ったように諸橋は体を縮めた。その様子に嘘はなさそうだった。

「でも奥さんがいらっしゃるんですよね？　お願いして、その間ルーシイの世話をしてもら

うのは無理なんですか」

と翼は訊いた。

表札には苗字だけだったが、半びらきの靴箱にパンプスやミュールが並んでいた。それに男一人の住まいにしては、インテリアや雑貨の趣味が良すぎる。おもちゃや幼児DVDの類が見あたらないから、おそらく子供はまだだろう。

「特殊なペットだから気を遣うかもしれませんが、おれも平日昼間は学校なんで、その間は養母にモナミの相手を頼んでますよ。べつだんそれで問題ないようだし、諸橋さんも奥さんに――」

「いや、あいつにはまかせられない」

ぴしゃりと諸橋はさえぎった。

別人のような険しい声音だった。思わず翼はたじろいだ。その表情に気づいたか、諸橋がはっと口をつぐむ。

彼は気まずそうに目をそらし、

「いや、妻はおれ以上に忙しいいし、帰りも遅いし――第一、信用できない」

と低く言った。

「信用できない……と言うと？」

「全部さ。いまは、あいつのなにもかもが信用できそうにない」

諸橋はグラスの底に残った烏龍茶を呷った。

そして慌てた口調で、「あ、おれが再会した同級生ってのは男だからね。浮気じゃないよ」と付けくわえた。

その口調で、翼ははからずも気づかされてしまった。

――ああ、この人は奥さんの浮気を疑っているんだな。

この歳で夫婦間の生ぐさい疑惑にぴんと来てしまう自分がいやだが、いまさらしょうがない。施設にいるときはもっと生々しい話も見聞きした。この世にはさまざまな〝家庭の事情〟があるのだと、幼いながらにいやでも認識させられてしまった。

「つ、妻のことはひとまずいいじゃないか。そんなことよりあれだ。その再会した同級生ってやつが、とにかく誘い上手でね」

沈んだ空気をごまかそうとしてか、諸橋は堰《せき》を切ったようにしゃべりだす。

元同級生の名は那須野ということ。スポーツ万能の人気者で、在学中ずっと憧れていたこと。覚えていてもらえて嬉しかったこと。彼に声をかけられると断れず、ついつい飲み歩いてしまうこと――。

「お酒が好きなんですね」

翼は言った。しかし諸橋は首を横に振って、

「べつに好きではないよ、はっきり言って弱いしね。那須野くんと遊びはじめる前は、家での晩酌《ばんしゃく》もしなかった。でもまあ、これも男の付き合いさ。きみだって、おれくらいの歳になればわかるよ」

諸橋とルーシイに別れを告げ、外へ一歩出た途端、強烈な熱気と湿気が顔を襲った。アスファルトはきっと卵が焼ける鉄板と化しているだろう。帰りもしっかりモナミを抱いていないとな、と翼が考えたとき、

「あらあ、可愛い猫ちゃんねえ」

とかん高い声がした。

猫好きが発しがちな、日向に置いた飴のようにとろけた声音である。振りむくと、諸橋家から二室隣のドアが薄くひらいていた。中年の女が半身だけを覗かせ、首を伸ばしている。

女は翼をぶしつけに上から下まで眺めて、

「あなた、諸橋さん家の子……なわけないわよね。親戚の子？」

「あ、いえ、ペットショップの者です、せ、先日、うちの商品をお買い上げいただいたもの

で、アフターケアサーヴィス、にうかがいました」

つっかえつっかえ翼は答えた。

「あら、諸橋さん家なにか飼ったの」

その問いにはあいまいに笑っておいた。建前は『個人情報の秘匿《ひとく》』というやつで、その実はこの手の女性が苦手でうまく対応できないだけである。

「いまどきのペットショップは大変なのねえ、出張サーヴィスも当たり前なのね。ついにペット業界も、不景気の余波で車並みにオプション勝負ってやつ？」

モナミを触ろうとしてくる女の手を避けながら、「ええ、まあ」と翼はうなずいた。

「ふうん。けど諸橋さんとこは、なに飼ったってきっと大丈夫よね。なにしろ奥さんがしっかりしてらっしゃるもの」

「そうなんですか」

翼は笑みを顔に貼りつけたまま機械的に言った。

なぜかモナミは助け船を出してくれない。腕の中で静かにおさまって、尻尾の一撃すら繰りだしてこない。

「そうよお。奥さんは問題なし。旦那さんは頼りないけどね」

女はにやりと声をひそめて、

「ここだけの話だけど、うちの亭主が学生時代、あの旦那さんと塾が一緒だったらしいのよ」

「はあ」

「その頃とちっとも変わってないってさ。気が弱くておとなしくて、そのくせ不良っぽいタイプに憧れてふらふら付いていっちゃうタイプだって。付いた渾名が『パシリくん』。……あ、これ、奥さんには内緒よお」

11

織田宛てにＬＩＮＥのレスポンスを打ちこんでいた翼に、

「ねえ翼。ルーシイが言ってたけど、あそこのご夫婦、ベッドが別なんですって」

とモナミが言った。

翼は飲みかけのお茶を、スマートフォンめがけて噴き出した。慌てて拭いて、機能が無事らしいことにほっとする。

翼は愛猫を振りむいた。

場所は翼の自室だ。夕飯も入浴もとうに済ませ、あとは寝るだけのくつろぎタイムである。

「あのなあ、意味わかって言ってるか？　モナミ」

「半分くらい」

　本当かよ、と翼は頭を抱えた。しかしそんな飼い主の様子には頓着なく、モナミは彼の膝に飛び乗ると、

「あ、そうだ。それと『わんだーうぉーる』って歌のこと言ってた。翼知ってる？」

「うーん……？　聞き覚えがあるような。待ってろ、検索する」

　翼はスマートフォンを持ちなおした。

　音楽に関しては、正直さっぱり詳しくない。CDを買う習慣はないし、過去にダウンロードしたのもほんの数曲である。

　頼もしいグーグルは、ただちに検索結果を表示してくれた。

「ええと、『イギリスのロックバンド、オアシスの曲。もしくはビートルズのメンバー、ジョージ・ハリスンのアルバムタイトル』だってさ。歌って言うなら、きっと前者のほうだろうな」

　聴いてみるか？　と問うと、モナミはうなずいた。

　動画の再生ボタンを押す。どことなく聴き覚えのあるメロディだった。おそらく有名な曲なのだろう。不思議と耳に、脳にしっくりと馴染《なじ》む。

「ん、悪くないじゃない」

とモナミは生意気に批評して、

「でもなにを歌ってるのか全然わかんない。翼、学校で英語習ってるんでしょ？　歌詞の意味教えてよ」

「あー、えーと、ちょっと待て」

またもグーグル先生の出番だ。だが、ずばりの和訳は残念ながら見つからなかった。仕方なく翼は表示された英語の歌詞を目で追って、

「うーん、下手な直訳だけど……『進む道はどれも容易じゃない。行く手を照らす光はいつも暗い。きみに伝えたいことが山ほどあるのに、どう伝えればいいかわからない。なぜってきみだけが、ぼくを救ってくれる人。きみはぼくを守ってくれる〝不思議な壁《ワンダーウォール》〟なんだ』……かな」

まあ当たらずとも遠からずだろう、と自分を納得させてスマートフォンを置いた。

「ラブソングだな。〝きみは特別。きみこそがすべて〟ってやつか」

「でも明宏くんは友情の歌だって言ってたみたいよ」

「明宏くんて誰だ」

「ルーシイの飼い主のおじさん」

モナミは翼の膝で長々と体を伸ばしてから、

「おじさんはこの歌を、友情の歌だと思いたいのかもね。それか、ラブソングは聴きたくない気分なのかも」

と寝がえりを打った。

「篠井さんから聞いた話だと、あのおじさんもお医者に『病気じゃない』って言われて困ってたみたいよ。すっごく喉が渇くんですって。飲んでも飲んでも足りないんだって。でも調べても悪いところはないらしいの」

「そうか」

翼は唸り、腕組みした。

「症状はあるのに、異常はない。つまり以前のおれと同じってわけだ。ってことはあの人もやっぱり、心因性のなにかを抱えているのかな。もしそうなら――なんとか力になりたいけどなあ」


翌週のバイトは、出張サーヴィスではなく店内の清掃がメインだった。

ペットたちには大きい音が苦手な子もいるとかで、掃除機は使えない。アナログな箒と塵《ちり》取り、そして床掃除用ワイパーが活躍する。仕上げは「匂いがしない」とネットでも評判のワックスで、床いちめんをモップ掛けだ。

つづいては檻の掃除だが、篠井店長の言ったとおり汚す子はほとんどいない。ただし残念ながら〝散らかす〟子は少数ながらいるので、この場合はいったん本体を檻から出して、代わりに片付けてやらねばならない。彼らはモナミやルーシイとは違い、やんちゃな性格なのだ。

犬たちの檻、猫たちの檻、鳥籠、水槽、兎《うさぎ》たちの檻、ハムスターの檻——とそこまで来たところで、電話が鳴った。

例のオルゴールに似た、レトロな電話機である。

翼は店内を見まわした。どこへ行ったのか、篠井店長の姿が見えない。

——これはひょっとして、おれが出なきゃいけないってことか。

無視しようかな、という思いも一瞬かすめた。

「どうせ十コールも鳴らせば向こうは諦めるさ」という悪魔の声と、「なに言ってんだ。バイトなんだぞ。賃金をもらってる分際《ぶんざい》で甘えたこと考えるな」と天使の声がゼロコンマ数秒せめぎあう。

しかし当然ながら、天使が勝った。

「はい。……いつもありがとうございます。ペットショップです」

いまだ正確な店名を篠井店長に訊けていないため、どうしても間の抜けた応答になる。どういうわけかいつも店長に会うと肝心の質問を忘れてしまうのと、「え、いまさら訊くのそこ?」と思われそうで気後れしてしまうせいだ。

しかし受話器から洩れた声に、ああ出て正解だった、と翼は直感することになる。

「もしもし。……あの、先日アロワナを買った、諸橋という者ですが」

「え、諸橋さん?」

「ああ、翼くんか」

諸橋は吐息をついて、

「すまない、いま駅前の市民病院にいるんだ。じつはその……面目ない。昨夜、救急車で」

翼は仰天し、受話器を持ちなおした。

「救急車? 事故ですか」

「いや、事故といえば事故なんだが」

と諸橋の返事は煮えきらない。

翼は言葉で急《せ》かす代わり、沈黙で彼をうながした。

ためらいののち、諸橋が言葉を継ぐ。

「ちょっと頭を打ったもんで、医者にもう一晩入院しろと言われてる。だからいま家にルーシイが一人きりなんだ。すまないが翼くん、行って世話してやってくれないか」

「はい、もちろん」

反射的に答えかけ「あ、でも鍵は？」と翼は言った。

諸橋もそれに気づいたらしく「あ」と息を呑み、

「じゃあ、お手数かけるが病室まで来てもらえるかな。合鍵を渡すから。……ちょうどいいことに、いま余分な鍵を一本持ってるとこなんだ」

なぜですか、と翼は訊きたくなかった。いかにも藪蛇《やぶへび》になりそうだったからだ。

しかしいつの間にか足もとまで来ていたモナミが、シャツの裾を摑んで引いてくる。翼が無視していると、さらに強い力で引きはじめた。

観念して彼は問いを口に出した。

「奥さんは、おうちには、いらっしゃらないんですか」

先日「妻にはまかせられない」との言葉は聞いた。だが非常事態に他人を頼るよりは、さすがにましなはずだ。一応は尋ねてみねばならなかった。

答えようか、諸橋が逡巡《しゅんじゅん》しているのがわかった。唇を舌で湿したらしい気配があった。

後悔と自己嫌悪をたたえた声で、諸橋が低く切り出した。

「昨日――途中まではよかったんだ。妻がめずらしく休みで、在宅していて……ルーシイを挟んで、久しぶりに長く話した。あいつが悪意あって水槽に餌をやったわけじゃないことも、ルーシイの証言でわかった。そこまでは、ほんとうによかったんだ。でも……」

「でも？」

「那須野くんから、電話が来て。いま店にいるから、おまえも飲みに来いって誘いだったんだ。妻は止めた。ルーシイも止めたよ。でもおれは……すぐ帰るから、って……」

「それで、どうしたんです」

諸橋は恥じたように黙った。しかし数秒後、

「……店に行ったらもう、みんな出来あがっててさ。『駆けつけ三杯』って、ビールとウイスキーのチャンポンをジョッキに注がれて……店中の客に〝一気コール〟されたんだ」

自棄気味に、諸橋は吐き捨てた。

「いい歳して、馬鹿だと思うだろ？　おれも思うよ。でも『ノリが悪い』、『男を見せろ』って囃《はや》したてられて……逃げられなかった。二杯目の途中から、記憶がない。――急性アルコール中毒でぶっ倒れて、救急車騒ぎになったんだとさ」

自嘲を滲ませて、諸橋は喉で笑った。

「目が覚めたら病院で、枕もとに妻がいた。あいつは言ったよ。『わたし、家を出るから』って。『理由はわかってるわよね？　もうたくさん』、『ほんとうにわかってないの？　那須

野くんとあなたが再会する前までは、わたしたちうまくいってたのよ』って……」

翼は相槌すら打てなかった。

諸橋が喘《あえ》ぐように言う。

「最後だからだろうな、妻は辛辣《しんらつ》だった。……おまけに正直だったよ。『那須野くんに〝ポチの女房ならポチ2号だな〟って言われたのよ。知らないでしょ？』だの、『あなたの同僚も上司も、いまのあなたが嫌いよ。評価が下がったのは、あなたが〝那須野が一番、家庭も仕事も二の次〟な男になっちゃったからよ』だの……。あいつも、鬱憤《うっぷん》が溜まってたんだろうな」

「それで、あの、奥さんは」

「鍵を置いて、病室を出て行ったよ。言ったろ？　手もとに一本余分な鍵がある、って」

諸橋は笑った。

危険な笑いかただ、と翼は直感した。

これは、壊れる寸前の人間の声音だ。おれはこの手の声をよく知っている。施設でも聞いた。それからもっと昔、おそらく実父の口からも聞いた。

翼は噛みつくように叫んだ。

「とにかく、いますぐ鍵を取りにうかがいます。病室は何階の何号室ですか」

12

一週間が経った。

諸橋は指定されたファミレスで、ドリンクバーのアイスティーを口に運びつづけていた。すこしずつ飲んでいるつもりだが、ものの数分でグラスが空になってしまう。もう何杯目のアイスティーか、自分でも見当が付かない。

店員がひそひそとこちらを見てささやきあっているのを視界の端で認めた。だが、もうどうでもよかった。噂したいならいくらでもしろ、という気分だった。

果歩が帰ってくる気配はなかった。

検査の結果脳波に異常はなく、すんなり退院できたものの、彼女のいないマンションは広すぎた。那須野は「ごめんな、大丈夫だったか？」とメールを送ってきたきりだった。

諸橋は会社と自宅を往復するだけのロボットのように一週間を過ごした。もしルーシイがいてくれなかったなら、自殺すら考えていたかもしれない。

——今週をしのげたのは、ひとえにルーシイと、あのバイトくんのおかげだ。

諸橋は立ちあがった。

空いたグラスを片手に、ドリンクバーのサーバへ向かう。冷たい水分ばかり摂りすぎているせいで、体がだるい。頭痛もする。痛めつけられた胃腸の影響で、全身が衰弱《すいじゃく》しているのをはっきり感じる。

ルーシイに言われた。

「那須野くんと会うのをやめて、奥さんを迎えに行きましょうよ」

ペットショップのバイトくんこと、赤草翼にも言われた。

「そんなにその元同級生が好きなんですか。失礼ですけど……向こうは、諸橋さんのことをそれほど大事にしてるとは思えません」

気の弱そうなあの少年にしたら、決死の覚悟の忠告だったのだろう。握った拳が、汗ばんで震えていた。

わかってる、とサーバからアイスティーを注ぎながら諸橋は思った。わかっている。彼らが正しい。おれは那須野と距離を置くべきだ。

でも、なぜだろう。

彼と離れることを想像するだけで、渇く。いままで以上にひどい渇きが襲ってくる。付きあいを絶つべきだと理性は命じているのに、体が悲鳴をあげる。

そういえば果歩と幸せだった頃も、いつも不思議な落ち着かなさを感じていた。幸福で平穏な暮らしを送りながらも、「長続きするはずがない」、「このままじゃいけないんじゃないか」と、心のどこかで不安にさいなまれていた。

諸橋は席に戻り、グラスを呷った。歯に沁みるほど冷えたアイスティーが、食道から胃まで落ちていくのがわかる。みぞおちがきりきりと痛んだ。

——果歩は、世良くんのところへ行ったかな。

それならそれでいい。自分にはもはや、彼に幸せにしてもらえよ、と遠くから願う権利くらいしかない。

諸橋はテーブルに置いたスマートフォンを確認した。

遅い。約束の時間をもう二十分も過ぎている。「すみません。バイトが終わってから行きますから、すこし遅れるかも」と事前に聞いてはいたが、これはもしや忘れられてしまっただろうか。

待ち合わせの相手は、翼であった。

「合鍵をお返ししたいんですが……諸橋さんのマンションは遠いので」と言われ、ファミレスで会うことを了承した。こちらから店へ出向こうかとも思ったが、いまはあの店長と顔を合わせたい気分ではなかった。

ショートメールでも送るか、と諸橋が画面をフリックしたとき、ふと手もとに影がさした。

人影が腰をかがめる。向かいの席へ、ことわりもなく座ろうとしている。

諸橋はスマートフォンを置き、顔をあげて言った。

「あの、席をお間違えですよ。それにそこは、連れが——」

来ますので、と言いかけた声は途中で消えた。

目の前に座っているのは、知らない男だった。知らないはずなのに、知っていた。

こいつを知っていたくはない、知っていると認めたくない——。だが、記憶が疼く。こめかみが激しく脈打ちはじめる。心臓が収縮する。

「ごめんな、諸橋」

男はすまなそうに言った。

諸橋は思わず胸を押さえた。心臓が絞られるように痛む。無意識に首が垂れる。

この表情、この口調。やはり知っている。覚えている。

——気分が悪い。吐きそうだ。

彼とは目線を合わせず、男が言う。

「だまし討ちみたいにして、ごめん。あの子は、赤草くんは悪くないんだ。セッティングはおれが頼んだんだよ。ただ……おれの名前を出すと、もしかしたらおまえは来てくれないかと思って」

ああそうだ。諸橋は思う。

そうだ、そのとおりだ。こんなことになるとわかっていたなら、ぜったいに来やしなかった。

しかし諸橋の慨嘆をよそに、男は——沢村《さわむら》は言葉をつづける。

「あの子は、おまえを本気で心配してたよ。だから叱らないでやってくれ。マンションの住人におまえと塾でいっしょだったやつがいるらしくて、その伝手を一人ずつたどって、おれに行きついたんだ。会いたいと無理を言ったのはおれのほうだ。いらないお節介だろうが、おまえにどうしても、言っておきたいことがあって」

空気の異様さに気づいたか、店員は彼らのテーブルに近づいてこなかった。

沢村は両手の指を組んで、

「諸橋おまえ、三十を越えてから、体調を崩した覚えはないか」

と言った。

諸橋は唖然と彼を見た。

さらに沢村が言う。

「血液検査の結果に異常はないのに、腫瘍マーカーもレントゲンも問題ないのに、原因不明の体調不良に悩まされやしなかったか。……おれが、そうだった。あちこちの医者をたらいまわしにされたよ。そして最後に、心療内科の紹介でカウンセラーに出会った」

　やめろ、と諸橋は思った。

「カウンセラーになにもかもぶちまけて――それで、やっと気づいた。すべてはあのときに繋がっていたんだ。あの日のことが、おれのその後の人生すべてを左右してやがった。でも、当然だよな。なにしろおれたちは、あのときマジで死にかけたんだ。一度死んだといってもいい。あんなの、トラウマにならないわけないよなあ？」

　やめろ、やめろ、それ以上言うな――。

「おれさ、離婚したんだ」

　沢村が笑顔で言う。

「女房はいま思えば、新井《あらい》くんそっくりな女だったよ。自分さえ楽しけりゃいい、なによりもノリが第一。他人を踏みつけにしても平気の平左《へいざ》で、おれのことなんか紙くず程度にも思ってやしなかった。そこがよかった。だからこそ、結婚相手に選んだんだ」

　やめてくれ、諸橋は耳をふさいだ。

「カウンセラーは言ったよ。心が壊れてしまわないよう、自己防衛本能で『あのときされたのは大したことじゃなかった。おれも楽しんだ』と、脳が意識をだます機能があるらしい。虐待された子供がのちに虐待する側にまわったり、性的被害にあった女性がよくない男ばかり渡り歩くようになる現象は、このメカニズムによるものだそうだ。おれは『新井くんたちとは仲が良かった、あれは遊びだったんだ』と思いこみたくて、無意識に新井くんそっくりな女を伴侶《はんりょ》に選んじまった。――なあ、そんな結婚生活、うまくいくわけないよな？」

沢村は泣き笑いの顔で彼を見た。

この表情にも覚えがある、と諸橋は思った。

あの日の沢村も、ちょうどこんな表情をしていた。泣きたいのに、叫びたいのにできなくて、笑みに見えるよう無理に歪めた顔。

あの頃、おれたちはいつも笑っていた。

気弱なにやにや笑い。こんなこと、なんでもないんです。平気です。いやだな新井くん、やめてよ。やりすぎだよ、あはは。

笑うことで、せめてなんでもないふりを装《よそお》いたかった。

「――河川敷」

諸橋の唇から、呻きがこぼれ落ちた。

口の中が乾いてごわつく。湿り気のない舌が不快だ。歯が頬の内側に貼りつく。

言葉が、ひとりでに滑り出る。

「夜の河川敷だ。……そうだよな？　塾の帰り、新井くんたちに呼びだされて――おれもおまえも、断る選択肢はなかった。新井くんの命令は絶対だった。あそこは街灯もなくて、ほんとに暗かった。なにも見えなくて、立てなくて、息ができなくて——ああ、ここで死ぬんだ、と思った」

中学二年の、晩秋だった。

新井と取り巻きの四人にメールで「集合」をかけられた諸橋と沢村は、夜九時の河川敷で向かい合っていた。

夜気がやけに冷たかったのを覚えている。肩の高さまで伸びた薄《すすき》が風で傾いていた。

新井は彼らに「殴りあえ」と命じた。

言われるがままに、諸橋と沢村はお互いの顔を平手で殴った。覚えている。頬の熱さ。口の中が切れて、舌に広がった鉄の味。それよりも、いっそう濃密に苦い屈辱《くつじょく》。

取り巻きたちは二人を囃《はや》したてた。「つまんねえぞ」、「もっと力入れろ」。

新井が怒鳴った。

「おまえら、緊張感が足んねえんだよ。おら、川入れ。デスマッチだ。相手を早く沈めたほうが勝ちな。いいか、死ぬ気でやれ」

覚えている。あのときも沢村とおれは笑っていた。こんなの、なんでもないことです。遊びです。そう思いたくて、にやにや笑っていた。

笑いながら——お互いの頭を摑みあい、川面に押しつけて沈めた。川は身を切るような冷たさで、充分な水嵩《みずかさ》があった。流れこそ急ではなかったが、顔を水に浸けられると恐怖しかなかった。

——なんでか怖いんだよな。頭を洗うときも必ず目を開けてるよ。水の中で見えないと——なんだろうな、うまく言えないけど……すごく、不安になる。

鼓膜《こまく》の奥で、己の声がする。

覚えていた。でも、忘れていたかった。だからずっと意識下に押し込めていた。

新井はさらに言った。

「ぬるいんだよ、おれが手本見せてやる。おらこっち来い。頭出せ」

並んで差し出した二人の頭を、新井は無造作に摑んだ。そして川へ沈めた。

沢村の手とは違い、その手は大きく、力強く、おまけに容赦がなかった。彼らはもがいた。もがいた拍子に足が流れにとられて滑った。諸橋は恐慌《きょうこう》に陥った。

死ぬ、と思った。死ぬ、息ができない。

水が、口から鼻から流れ込んでくる。足が立たない。

おれはいま、溺《おぼ》れている。溺れてこのまま死ぬんだ。こんな汚い川で。明日の朝には浮いて見つかる。肺の中に空気が足りない。全身の細胞が悲鳴をあげている。おれはここで死ぬ。

意識が途切れ——気がつくと、河川敷に大の字に転がっていた。

かたわらに沢村がいた。

彼も全身ずぶ濡《ぬ》れだった。諸橋が覚醒したことに気づくと、

「新井くんたちは帰ったよ。おれたち、二人とも気絶したから……怖くなったみたい」

それだけ言い、塾指定のかばんを抱えて駆け去っていった。

十数分後、諸橋も同じく帰宅した。

濡れた服を、親になんと言い訳したかは記憶にない。

翌日登校すると、新井たちは平気な顔をしていた。なんの変化もなく日常はつづいた。三年に進級する際のクラス替えで彼らとは離れ、〝いじり〟のターゲットも他の生徒へ移った。

三年のとき、一度だけクラスメイトに訊かれたことがある。

「諸橋、新井たちと去年同じクラスだったんだろ？　あいつヤバくなかった？」

彼は笑顔で答えた。

「そうでもないよ。新井くんとは、けっこう遊んだし」

——あのときされたのは、大したことじゃなかった。おれも楽しんだ。

そう思いたかった。思い込まなければ自分が惨《みじ》めすぎた。

殺される寸前になっても声すらあげられなかった、弱すぎる自分。ただの遊びだと言い聞かせなければ、心が耐えられなかった。

「おれは……」

沢村の声が聞こえた。

三十を過ぎ、大人になった沢村だ。疲れた声音だ。

「おれは、もう済んだことだけど、諸橋はまだ間に合うかもしれないと思って。……二人とも不幸になったら、それこそ新井くんの思う壺《つぼ》な気がして、それで来たんだ。もしやり直せるなら、おまえだけでもやり直してほしい。……それだけだ」

彼の返事は待たず、沢村は席を立った。

諸橋は顔をあげられなかった。

その場にただうなだれて座っていた。

いつまでも、そうしていた。


週末の歓楽街は、猥雑《わいざつ》なネオンサインで色とりどりに染まっていた。

客引きとおぼしき法被姿《はっぴすがた》の男が声を張りあげている。黒ずくめのホストたちが、貼りつけたような笑顔でチラシを配りつづけている。肩を組みあった大学生の集団が、居酒屋の暖簾《のれん》をくぐって雪崩《なだ》れこんでいく。

――すこし前までは、心が浮き立つ光景だったのにな。

そう諸橋はぼんやり思う。

いや違う、無理に浮き立たせていただけだ。ほんとうは楽しくなどなかった。宴席はそれほど好きではない。酒にだって弱い。ただ那須野に誘ってほしい一心で、強いて自分をだましていただけだ。

――沢村は新井そっくりな女を妻にした。そしておれは、新井によく似たタイプの那須野の〝親友〟になりたがった。

根っこは同じだ。

おれたちはあの日を克服できずにいた。三十ヅラを下げても、惨めだった中学二年の一夜を引きずりつづけていた。

おかしな話だ。どうやらおれはずっと、あの汚い川の水を求めていた。二度とあの夜を思い出したくないと拒否しながら、同時に思い出すことを焦がれていた。溺れながら、渇いていた。

諸橋はうつむき、客引きを避けて歩いた。

早足で目当ての店へ向かう。見慣れた看板灯籠《どうろう》の前で足を止める。

入る気はなかった。諸橋はただ待った。

いつもならあと三十分ほどで、「二軒目行こうぜ」と彼が腰を浮かす時刻のはずだった。

読みは当たり、二十五分後に居酒屋の引き戸がひらき、暖簾が揺れた。

「ごちそうさん、また――……」

言いかけた那須野の声が、途中で消えた。

なぜこいつはこんな顔をしておれを見るんだろう、と諸橋は思った。

まるで幽霊でも拝《おが》んだような顔つきじゃないか。それともおれが、まさしく幽霊のようなツラをしているのか。

「なんだ、諸橋か。脅かすなよ」

ははは、と那須野は笑った。熟柿《じゅくし》くさい息がぷんと臭った。

「そんなおっかない顔してっから、誰かと思ったじゃねえか。あ、もしかして、あの二万か？　悪いな、もうちょっと貸しといてくれ。来月の給料日に必ず返すから。な？」

にやつきながら、片手拝みをする。

諸橋は口をひらいた。

「なあ、那須野」

「あ？」

「おれのこと——どう思ってた？　なんだと思ってたんだ？」

　那須野が面食らっているのがわかった。戸惑いがまざまざと伝わってくる。なんだこいつ、酔ってるのか、それともキレてるのか？　と様子をうかがっているのが、手にとるようにわかる。

「なにって」

　那須野は唇を舌で舐め、言った。

「なにって……おれたち、仲間だろ？」

　瞬間、諸橋は笑いだしそうになった。

　仲間。仲間か。なんて嘘くさい、薄っぺらい言葉だ。いや実際嘘なのだから当たり前か。でも数時間前までのおれなら、小躍《こおど》りして喜んだかもしれない。

「那須野」

　諸橋は笑顔で言った。

「二度と連絡してくるなよ。おれは今日限りで、アドレス帳からおまえを消す。仕事の尻拭いもうしない。おまえもおれの存在を、アドレスごと人生から消しといてくれ。例の二万は手切れ金代わりにくれてやるよ。じゃあな」

　那須野は答えなかった。ただ、ぽかんと口を開けて突っ立っていた。

諸橋はきびすを返した。

ネオンサインがひどく眩《まぶ》しかった。

13

「乾杯」

諸橋は水を注いだグラスを水槽に軽く付けた。

「かんぱーい」

ルーシイが唱和《しょうわ》する。

諸橋はぐっとグラスを呷った。ぬるい常温の水が、食道を通り、胃の腑《ふ》へ落ちていく。浄水器を通しただけの、ただの水道水だった。なのに渇きがすうっとおさまるのがわかった。心が凪《な》いでいく。みぞおちにわだかまっていた、氷のようなしこりが溶けていく。

チャイムが鳴った。

諸橋は反射的に時計を見た。時刻は夜の十時を過ぎている。宅配業者が来る時間帯ではない。

おそるおそる立ちあがり、インターフォンのモニタを覗いた。

途端、慌てて玄関へと走る。もどかしく開錠し、ドアを開けはなつ。

果歩が立っていた。

「入っていい？」

「あ――ああ、もちろん」

諸橋は脇へどいた。

果歩の香りがした。柑橘系の中に、かすかにスパイシーなフレーバーが匂う。ひどく懐かしく感じた。

リヴィングに入った果歩は、飲みかけのグラスを見て言った。

「わたしも同じのもらっていい？」

「あ……いいけど、ただの水だぞ」

反論したが、果歩は微笑んでいる。

仕方なく諸橋は浄水器から水を汲み、すこし考えて氷をふたつ落とした。水槽の前へ座っている果歩へと手渡す。

「どうしたんだ。あの、こんな時間に」

「那須野くんから、思いっきり嫌味な電話が来たから」

微笑を崩《くず》さず果歩が言う。

対照的に、諸橋は青くなった。

「ご、ごめん」

「いいの。叩き切って、即着拒してやったしね。会社までしつこくかけてくるほどの度胸はないでしょうし、ほっときゃいいのよ」

果歩がグラスの水をひとくち飲む。

諸橋はその前へ正座してから、思いなおし、膝を崩してあぐらをかいた。

「……那須野と、絶交したよ」

「そうみたいね」

諸橋は自嘲の笑みを浮かべた。

「絶交なんて、ガキっぽいだろ？　でもいいんだ、実際ガキだったから。中学生のまんま、脳味噌が止まってたんだよ。頭の中の一部分だけ、いつまでも成長できずにいた」

果歩の顔を見つめ、彼は目を細めた。

「偉いな、きみは」

「え？」

果歩が怪訝な顔をする。

「こんなときでも『だから言ったでしょ』、とは言わないんだな」

「言わないわ」

彼女はグラスを置き、夫を見つめかえした。

「あなたこそ、言いたいことがあるなら言って」

諸橋はしばし迷った。

しかし逡巡の末、言いにくそうに唇をひらいた。

「結婚指輪は、どうしたんだ」

果歩はちょっと眉根を寄せ、「これは正直、言いたくなかったんだけど」と前置きして、

「――太って入らなくなったのよ」

と苦にがしげに言った。

「残業のせいで外食続きで、六キロも太ったの。おかげさまでスーツもほとんど買い替えなきゃいけなくて、残業代以上のお金が吹っ飛んだわ。指輪はあなたにばれないうち、こっそりサイズ直しするつもりで、友達からもらったリング入れにしまっといたの。言っとくけど体重の話はこれっきりよ。今後話題にしたら、本気で怒るからね」

「わかった」

諸橋は急いで首を縦に何度も振った。

振りながら、内心で盛大に安堵する。じゃあ、新しい服ばかり着てたのもそのせいか。お

しゃれしてるわけじゃなかったのか。

「でも、ぜんぜん太ったようには――」

言いかけたが、睨まれてやめた。咳払いし、別の質問を口にする。

「じつは、きみの通帳を見ちまったんだ。四月に六十万ほどの金を引き出してただろう。あれはなんだい」

「実家のリフォーム代よ。バリアフリーにするから、兄と折半《せっぱん》で出すって報告したじゃない」

「覚えてない」

「でしょうね。あの頃あなたは那須野くんに夢中で、わたしの話なんかろくに聞いてなかったものね」

口調に皮肉を滲まされ、諸橋は恥じ入った。肩を縮めてちいさくなる。

その様子に果歩が声をあげて笑った。水槽の中で、ルーシイも笑っていた。

諸橋は目線をあげ、言った。

「……果歩、仕事と俺とどっちが大事だ？」

「仕事が一番なら結婚なんかしないわ」

「じゃあ、世良くんとおれとなら、どっちが大事？」

「またそれ？」

果歩が苦笑する。

「世良くん、近々結婚するのよ。わたしは相談に乗ってあげてただけ。披露宴の食事プランだのドレス選びだの、ろくに知りもしないくせに首を突っこんで、彼女と喧嘩ばかりしてるんだもの。つい見かねちゃって」

その点あなたは楽でよかったわ、なんでもわたしにお任せだったから——と果歩はくすくす笑う。つられて、ようやく諸橋の頬もゆるんだ。

果歩が彼の目を覗きこむようにして問う。

「あなたが一番って言ってあげたら、あなたもわたしを一番にしてくれる？」

「いつだってきみが一番だよ」

諸橋は答えた。

ただ、ちょっとばかり目が眩《くら》んでいただけだ。過去にとらわれて、幸福に居心地の悪さを覚えていた。自分を軽んじて、ないがしろにする奴らといるのが当然と錯覚していた。

彼は長い長いため息をついた。

鼻の奥がつんとする。なぜか視界がうるみ、声がぼやける。

「話したいことが山ほどあるんだ。——聞いてくれるかい？」

閉めきった窓越しにも、蟬《せみ》がやかましく鳴いているのが聞こえた。

外はうだるような暑さだが、室内は完璧に温度調整されて快適だった。快適さの三分の一は人間のためで、残る三分の二は水槽で泳ぐアロワナのためである。

諸橋のマンションで、翼は冷えたアイスティーをもらって人心地ついていた。

相変わらず妻の果歩は休日出勤で不在だそうだ。

だが以前とははっきり空気が違う。彼女本人はいなくとも、壁掛けのホワイトボードに書きこまれた予定や、ソファへ無造作に放られた服がその存在を主張している。

ちなみにこのアイスティーも果歩のお手製とのことだった。スパイスの効いたアールグレイの後口に、ほのかにミントが香る。

パソコンにつないだアンプからは『Wonderwall』が流れていた。

翼がそれを指摘すると、「そうか、きみの歳でも知ってるかあ」と諸橋は相好《そうごう》を崩した。

「友情の歌なんでしたっけ」

「いや」

彼は首を振って言った。

「史上最高のラブソングだよ」

翼は直接返答せず、真横の水槽に首を向けた。

今日もモナミは水槽に右手をぺたりと付けて、ルーシイとなにやら熱心に話しこんでいる。時おり声をあげて笑っているから、きっと楽しい会話なのだろう。

「ルーシイも元気そうですね」

「元気だよ。最近、とくにお気に入りの音楽ができてね。嬉しそうにしてる」

「へえ、なんて曲ですか」

翼の問いに諸橋は一瞬ためらい、そして照れたように答えた。

「……うちの奥さんの鼻歌」

エピローグ

ペットショップのステンドグラスを透かして、明るい午後の陽光が射しこんでいた。

どうやら今日も客は来なそうだ。はっきり言ってしまえば、翼がバイトをはじめてからというもの、新たな客は一人も来ていない。

それでもペットたちはいつ訪れるとも知れぬ飼い主を待ち、今日も今日とて身綺麗に己を整えている。

「なあモナミ、こっち向いて」

モップの柄を肩に置き、翼はモナミにスマートフォンのカメラを向けた。

モナミは例の豪華な寝椅子の肘掛けになかばもたれ、なかば寝そべっている。やっぱりこの寝椅子にいるときがシャッターチャンスだな、と翼は思った。自室のインテリアでは現実味がありすぎて、モナミの背景にはいまひとつもふたつも物足りない。

しかし当の被写体《ひしゃたい》であるモナミは、つれなくそっぽを向いた。

「なんだよ、こっち見てくれよ」

「やあよ。こないだも撮ったじゃない」

うんざりとした声で愛猫が言う。

翼は片手で拝んで、

「もう一回、もう一回だけだから」と頼んだ。

モナミが寝椅子に座り、むすっとした顔ながらもこちらを見ているうちに素早くシャッターボタンを押す。画像データを即確認して、翼は唸った。

「うーん、やっぱり猫の姿でしか写らないなあ。どうやったら普段のモナミが写るんだ？」

「べつに必要ないでしょ。本物のあたしがいつもそばにいるんだから」

「いつもじゃないだろ。学校にいるときは見れない」

反論した翼に、モナミが片眉をあげた。小馬鹿にしたような口調で、

「へーえ、おうちに帰れば会えるのに、たった数時間が我慢できないの。そんなに四六時中、あたしの顔ばっかり見ていたいわけ？」

翼は答えた。

「は？　当たり前だろ」

数秒、沈黙があった。

なぜかモナミの目が真ん丸になっている。室内にいるというのに、虹彩が糸のように細くなっている。

モナミが突然、翼にくるりと背中を向けた。

寝椅子の背もたれにしがみつくような姿勢で、

「し――仕方ないわね」

と猫は言った。

「そんなに言うなら、撮らせてあげようかな。あたしは躾のいい猫だから、飼い主の希望はちゃんと聞き入れるの。つ、翼がどうしてもって言うなら、すこしはポーズくらいとってあげてもいいわよ」

「ほんとか？　助かる」

翼はあっさり言った。

「じゃあまず、こっち向いて。なんだよモナミ、なんでそんなに寝椅子にべったりへばりついてるんだ。鼻がつぶれるぞ」

「つぶれないもん、うるさいわね。ちょっとポーズの準備中なだけよ」

「そのまま寝るなよ」

「寝ないわよ！」

たっぷりと撮影して掃除を再開し、ワックスをかけ終えたところで篠井店長が帰ってきた。

めずらしく私服姿で、おまけに片手に洋菓子店の箱を提げている。

「ああ、綺麗になりましたね。ちょうどよかった、お茶にしましょう」

みなまで聞かず、モナミが寝椅子から飛びおりた。

さすがに店内で飲食というわけにはいかず、三人はドア一枚隔てた『事務室』のテーブルに着いた。店内と同じくアンティークで統一された部屋である。ただし事務室だけあって家具のたぐいは比較的実用に適しており、装飾のすくないシンプルな内装だ。

あたたかい紅茶とフルーツタルトでひと息つく。

たいした労働はしていないはずだが、それでも糖分が全身に沁みるようだった。

モナミは翼の膝にちょこんと座り、ナプキンを膝に広げていた。タルトの土台部分を皿のように持ち、フルーツとクリームを翼が口に運んでやるのを当然のように待っている。

「どうですか、もう仕事には慣れましたか」

篠井が尋ねてきた。

「あ、はい。たぶん」翼はうなずいた。

「接客はまだまだですけど……掃除と、ペットたちの世話はだいぶ慣れました」

「それはよかった」

タルトのクリームを制覇し終えたモナミが、翼の膝からすべりおりる。代わりに出窓に向かって飛びあがると、窓枠にもたれて即行で目を閉じる。

まったく食って寝てばかりなのに、よく太らないもんだなあ、と翼は感心した。もっとも世の中には巨体の猫もすくなくないから、そういう意味でもモナミは特別製なのかもしれない。

「あ、そうだ」

翼は篠井に目を戻して、

「機会があれば教えてもらおうと思ってたんです。いまさらながらの質問で、ほんとあれなんですけど——ここの店名て、なんというんですか？　すみません。いただいた名刺の飾り文字が読めなくって」

とこわごわ尋ねてみた。

篠井はなぜか、すぐには答えなかった。片眼鏡ではなく縁なし眼鏡の奥から、じっと彼を見つめてくる。

思わず翼が「すみません」とふたたび言いそうになったとき、篠井の手がつと動いた。長い指で、テーブルに文字を書く。どうやらアルファベットのようだ。

篠井が彼に目くばせし、いま一度指で同じスペルを綴ってみせた。まずM。次にO、N、A——。

翼は顔をあげた。篠井が微笑む。

「おわかりでしょう？　『Mon Ami』。そのまま読めばモン・アミですが、フランス語の発音はリエゾンしますから、つまり『モナミ』です。意味はご存じのとおり、わが友。ペットはお客さまの、最良の友ですからね」

「あ、はい、え……」

なんと言っていいかわからず、翼は意味のない音声を発した。

唐突にはっと気を取りなおし、

「で、でも、モナミは——あ、猫のほうのモナミですけど、そんなこと全然。店の名前とかぶってるなら、最初に言ってくれればよかったのに」

だっていまさら名前を付けなおすことはできない。モナミはもう翼にとって〝モナミ〟以外の何者でもあり得ない。養父母や、織田たちにとっても同様のはずだ。

動転する翼に篠井が言った。

「でもそれを指摘したら、翼くんはあの子に〝モナミ〟と名付けるのをやめたでしょう」

「そりゃそうですよ。店の名前と一緒じゃややこしいし」

「そうかもしれません。でもそれでは意味がない」

篠井は微笑んだ。

「名前は飼い主からペットへの、最初で最大の贈り物です。唯一絶対、と言ってもいいでしょう。それを拒むペットはいません。たとえ普段はどんな憎まれ口をきいていようと、あの子たちにとって飼い主は無二の存在なんです」

翼は唇をひらき、なにか言いかけた——が、思いなおして閉じた。

出窓で微睡むモナミを見やる。

クッションに身をうつぶせて、愛猫は寝息をたてていた。髪が射しこむ陽光を弾いて、青みを帯びた例の不思議な色に光っている。

「最良の友、ですか」

「そうです」

篠井が首を縦にした。紅茶のカップを置き、椅子から腰を浮かす。

「ではそろそろ、店に戻りましょうか。わたしは着替えてきますが、モナミはそのままにしておいてあげましょう」

笑顔を崩さず、篠井は翼に向かってうやうやしく腰をかがめた。

「では、あらためて——今後ともあの子同様、『モナミ』をよろしくお願い致します」

この作品は書き下ろしです。原稿枚数268枚（400字詰め）。

僕《ぼく》とモナミと、春《はる》に会《あ》う

櫛《くし》木《き》理《り》宇《う》

平成28年12月10日　初版発行

発行人――石原正康
編集人――袖山満一子
発行所――株式会社幻冬舎
〒151-0051東京都渋谷区千駄ヶ谷4-9-7
電話　03(5411)6222(営業)
　　　03(5411)6211(編集)
振替00120-8-767643

印刷・製本―中央精版印刷株式会社

装丁者――高橋雅之

幻冬舎文庫

ISBN978-4-344-42548-4　C0193　く-18-4

幻冬舎ホームページアドレス　http://www.gentosha.co.jp/
この本に関するご意見・ご感想をメールでお寄せいただく場合は、
comment@gentosha.co.jpまで。